Lorsque le ciel s'en mêle

Collection
Œuvres au rouge

Eliane Saliba Garillon

Lorsque le ciel s'en mêle

éditions deville

À Jonathan et Nonna.
Et à PP de P, bien sûr…

Jonathan Jackson s'apprêtait à traverser Madison Avenue lorsqu'un coq chanta dans sa poche. À côté de lui et penchée au bord du trottoir, une femme tentait de héler un taxi en tenant fermement par l'épaule une petite fille d'environ quatre ans. La fillette qui faisait danser le fil d'un gros ballon rose gonflé à l'hélium le regarda avec curiosité. Il lui sourit en levant un pouce admiratif en direction du ballon et attrapa son iPhone. C'était son associé Matthew qui l'appelait des bureaux de la modeste agence de publicité qu'ils géraient tous les deux depuis trois ans.

— Ça y est ! hurla Matthew dans l'appareil, on l'a eu !

— Eu quoi ? s'étonna Jonathan.

— Eu ce qui va te donner la grosse tête. L'épicier est à nous !

L'épicier était tout simplement Shop the Day : un hypermarché qui venait d'ouvrir à Manhattan avec le projet d'essaimer dans tout l'État de New York. Jonathan et son associé avaient eu la folle prétention de tenter d'obtenir l'énorme budget publicitaire de la future chaîne, concurrençant en cela les plus grosses agences de la ville. Ils avaient travaillé sans relâche pendant plus de dix semaines, reprenant jusqu'à la nausée chaque ligne du plan marketing à présenter. Durant leurs moments d'euphorie, ils s'amusaient à meubler en imagination les superbes lofts qu'ils pourraient s'offrir grâce à ce budget, et durant leurs moments de réalisme, ils se consolaient d'avance d'un échec qui leur paraissait certain en surnommant Shop the Day « l'épicier du coin ».

« Ce fichu épicier les fait tous rêver ? Eh bien cadeau ! » concluait souvent Jonathan après une nuit blanche passée à recomposer un slogan jusqu'à l'écœurement.

— On a eu Shop the Day ? hurla-t-il cette fois dans son appareil, osant à peine formuler la question.
— Tu connais un autre épicier qui nous rend fous depuis trois mois ? lui répondit Matthew en riant.
— Assimilant enfin la nouvelle, le jeune publicitaire poussa un « *yess* » triomphal en faisant valser la veste qu'il tenait sur son épaule, comme un gamin qui fait tournoyer son cartable. L'envol du vêtement arracha le fil du ballon des mains de la petite fille. Pour tenter de le rattraper, celle-ci se dégagea de l'emprise de sa mère en s'élançant du trottoir juste au moment où un taxi arrivait. Le crissement de pneus qui laboura les tympans de Jonathan fut de ceux qui changent une destinée.

On était un 23 novembre.

De Manhattan à Locorotondo

Jonathan savait qu'il était à l'origine de l'accident. L'ambulance était arrivée en quelques minutes pour emporter la petite fille inconsciente et la maman en larmes, le laissant seul et désemparé sur le trottoir. Il n'était que treize heures, mais le cœur au bord des lèvres, il décida de rentrer chez lui. Réfugié dans sa cuisine avec un verre d'alcool, il s'affala sur une chaise en ne sachant que faire. Se renseigner pour savoir dans quel hôpital avait été transportée la petite. Et si elle était morte ! Avouer sa responsabilité à la mère ? Horrible et inutile ! Mais alors quoi ? Comment vivre avec ce regard d'enfant figé par un crissement de pneus ?

Et dire que ceci n'était arrivé que parce qu'il venait de gagner un budget publicitaire ! Était-il normal qu'une poignée de slogans creux ait eu le pouvoir d'emporter une petite fille et son ballon ? Qu'avait-il donc choisi comme signature de campagne ? Ah oui : « Shop the Day ajoute de la vie à vos journées et des économies à votre panier. »

Que cette phrase lui paraissait grotesque, maintenant ! Pris d'un accès de désespoir, tous les produits qu'il avait vantés jusque-là le mirent soudain en rage. Attrapant la bouteille de whisky déjà à moitié bue, il la fracassa contre le mur.

— Le whisky douze ans d'âge des hommes d'affaires à la page… Seigneur ! Comment ai-je pu concevoir une sottise pareille ?

Puis il tituba jusqu'à la boîte de corn flakes qu'il jeta par terre.

— Et voilà pour « les petits déjeuners qui donnent envie de bondir du lit »… Comme si ces misérables résidus de maïs pouvaient donner envie d'autre chose que de les écrabouiller !

Il vida ensuite dans l'évier tout le flacon de liquide de vaisselle.

— « Depuis que j'achète Cleanel, mes enfants se disputent pour faire la vaisselle »… Bête à pleurer. Et dire que les clients ont applaudi cette insanité !

Puis il fracassa ses verres avec « la poêle qui n'attache pas, mais à laquelle on s'attache » et se coucha tout à fait ivre sur le sol de la cuisine. Étonné de n'avoir pas vu Jonathan débouler au bureau après l'annonce surprise qu'il lui avait faite, Matthew supposa que ce dernier avait probablement fêté l'événement à sa manière ; mais toujours sans nouvelles de lui le lendemain, il commença à s'inquiéter. Comme son associé ne répondait pas non plus à son portable, il profita de la pause-déjeuner pour se rendre à son appartement. Un Jonathan débraillé, portant encore les habits de la veille et le visage décomposé, lui ouvrit la porte. Son regard tomba sur le coin cuisine qui avait l'air d'avoir été attaqué par une bande de singes.

— Mais qu'est-ce qui t'arrive ? s'exclama-t-il.

Son ami s'affala sur un fauteuil et lui raconta l'accident.

— Tu avais déjà fermé ton portable et je n'ai rien entendu ! dit Matthew, atterré. La première chose à faire est de trouver un journal. J'y vais.

Le *New York Times* acheté au kiosque le plus proche avait consacré deux lignes à l'accident : « Gemma Tomasini, une petite fille de quatre ans, a été heurtée hier midi par un taxi sur Madison Avenue. Elle a été transportée dans le coma au Mount Sinaï Hospital. »

Jonathan se prit la tête entre les mains.

— Au moins, elle n'est pas morte… dit Matthew d'une voix hésitante.
— Belle consolation ! Je devrais aller la voir.
— Et que diras-tu aux parents ? Que tu te sens coupable ? Belle consolation pour eux aussi ! Par contre et si je ne me trompe pas, tu as une amie qui travaille dans cet hôpital.
— Oui, dans le service de neurologie.
— Appelle-la pour avoir des renseignements.

Carmel, une amie d'enfance de Jonathan, était infirmière au Mount Sinaï depuis quatre ans. Sans demander d'explication, elle promit de prendre régulièrement des nouvelles de la petite Gemma et d'alerter le jeune homme au moindre changement.

— Voilà ! dit Matthew, pour le moment, il n'y a rien d'autre à faire.
— Voilà quoi ? Tu crois que je vais retourner au bureau comme si de rien n'était et travailler sur cette maudite campagne qui a peut-être fait de moi un meurtrier ?
— Allons donc ! C'était un accident.
— Quelle est la probabilité de recevoir, debout au bord d'un trottoir, un appel téléphonique qui pousse à faire tournoyer un vêtement en l'air, et que ce mouvement détache le fil d'un ballon tenu par une petite fille au moment où un taxi s'arrête ?
— Nulle, je l'avoue.

— Or, un accident a besoin d'une probabilité, même infime, pour se produire. Donc ce n'en est pas un !

— Où veux-tu en venir ?

— Je ne sais pas, mais sans moi, cette petite serait maintenant à l'école.

— Écoute, conseilla Matthew, je peux me passer de toi pour quelque temps et m'occuper seul du suivi de la campagne. Va donc passer une semaine ou deux en Italie, chez ta grand-mère. Le dépaysement t'aidera à voir les choses sous un angle différent.

⁂

Clara Lucia, la grand-mère maternelle de Jonathan, surnommée Nonna par son petit-fils, était la seule famille qui lui restait. Elle avait quitté sa maison du Sud de l'Italie lorsque celui-ci avait perdu sa mère, à l'âge de six mois, et était venue s'installer à Cap Canaveral, en Floride, pour s'occuper de lui.

James Jackson, le père de Jonathan, astronaute au Kennedy Space Center, ne s'était jamais remarié et avait laissé à sa belle-mère le soin de l'aider à élever le petit garçon. Sa vie avait consisté à faire *la navette* entre son fils et son travail, comme il s'amusait à le répéter, et Jonathan l'avait adoré. C'était un homme brillant qui ne s'était jamais pris au sérieux.

Il s'excusait d'avoir été *dans la lune* quand il oubliait de faire quelque chose ; faisait le vœu, en voyant passer une étoile filante, *de lui filer après* ; appelait ses jours de vol « des vacances pour changer d'atmosphère » ; et avait indiqué *Extra-terrestre* dans la case « Profession du père » lorsqu'il était allé inscrire son fils à l'école.

Le jour où sa navette explosa en plein vol, James Jackson était âgé de quarante-neuf ans et avait quitté la maison en déclarant qu'il reviendrait *après un petit tour au paradis*, sa plaisanterie habituelle à chaque départ. Jonathan avait quinze ans et n'eut pas besoin de s'entendre dire que son père était au ciel…

Il le savait déjà.

Nonna était restée en Floride jusqu'à ce que son petit-fils rejoigne un campus d'université. Elle était alors rentrée en Italie, à Locorotondo, la petite ville des Pouilles où elle possédait une maison héritée de ses parents. À soixante et onze ans, elle était encore jeune, toujours belle, et écrivait des livres de cuisine et de jardinage.

⁂

Jonathan décida de suivre le conseil de Matthew et de prendre de courtes vacances chez Nonna. Il ne pensait pas que ce voyage allégerait son sentiment de culpabilité, mais il ne pouvait pas continuer à vider des bouteilles de whisky chez lui.

Et reprendre le travail était hors de question.

Le jeune homme atterrit à Bari le soir du 25 novembre et loua une voiture pour se rendre à Locorotondo. Clara Lucia fut ravie, mais étonnée, de le voir. Son petit-fils l'inondait de SMS et lui parlait sur Skype chaquc 25 du mois à heure fixe, mais ne faisait un saut chez elle qu'à Noël. Et jamais à l'improviste.

Elle s'abstint de lui poser des questions, mais s'activa à préparer des lasagnes *qui auraient arraché un César à Jules*, comme elle s'en vantait à chaque fois, puis trinqua avec lui pour célébrer son arrivée.

Le lendemain matin, une tasse de café brûlant à la main, le jeune publicitaire raconta l'accident d'une voix hachée.

— Tu n'es pas coupable, conclut Nonna, mais je comprends ton désarroi.

— Tant que cette petite ne sera pas réveillée, je serai incapable de reprendre une vie normale.

— Ta réaction t'honore, mais je te répète : tu ne peux pas te sentir coupable. Il est impossible de suspendre spontanément chacun de ses gestes, le temps de réfléchir à d'éventuelles conséquences. On serait tous figés comme les victimes de Pompéi...

— J'avais quand même vu ce fichu ballon au bout de ce fichu fil ! Un minimum de réflexion aurait suffi pour que j'évite de faire ce fichu geste. Les militaires appellent ça des « dommages collatéraux ». Quel que soit le nombre de morts qu'on peut causer, ça ne compte pas quand on ne le fait pas exprès. Mon vrai but était de me réjouir de l'obtention d'un contrat, casser une petite fille ne compte donc pas.

— Je n'ai pas dit ça ! Après quelques jours de promenade dans notre campagne, tu y verras peut-être plus clair. Tu as bien fait de venir.

— Jonathan passa les matinées suivantes à se balader aussi consciencieusement qu'un vieux touriste au premier jour de sa retraite. Il longea le bord de mer jusqu'au mont Gargano qu'on appelait « l'éperon de l'Italie » et qui donnait l'impression, quand on se tenait au sommet de ses falaises, de *mener le pays en bateau*, comme aimait le dire Nonna. Il en profita pour visiter le Monte Sant'Angelo, qui devait son nom à l'archange Michaël – apparu là au XVe siècle –, et se promena entre vert argent des oliviers et or bleu de l'Adriatique. Il flâna dans les ruelles de Locorotondo, aux environs de l'église Saint-Georges où habitait Clara Lucia et où tous le reconnaissaient malgré la brièveté de ses visites. Cette ville blanche et ronde, coiffée de ses étonnantes maisons pointues, ressemblait à un gâteau d'anniversaire d'enfant-fée. Petit, pour le faire dormir, Nonna lui chantonnait une comptine du pays qu'il n'avait jamais oubliée :

— « *Bambino, bambino mio*, on a beau chercher à la ronde

— On ne trouvera jamais comme Locorotondo au monde.

— *Bambino, amore mio*, ma ville blanche a des toits ronds

— Comme des taches de lune sur ta joue d'ange blond.

— Et que San Giorgio qui garde et San Rocco qui veille

— Parsèment tes nuits d'étoiles et protègent ton sommeil. »

Et quand, à l'âge de cinq ans, elle l'avait emmené pour la première fois à Locorotondo, il avait eu l'impression de rentrer dans la comptine comme dans un miroir magique. Ils étaient arrivés un 16 août, jour où la ville célébrait avec éclat la San Rocco, et le petit garçon, ébloui par les feux d'artifice, n'avait plus appelé l'endroit que « Roccorotondo », malgré les protestations amusées de tout le monde.

Quitter New York fit du bien à Jonathan en lui ôtant sa fatigue physique, mais cela ne fit pas disparaître son sentiment de culpabilité. Il avait appelé Carmel plusieurs fois, mais elle n'avait rien pu lui annoncer de nouveau : l'état de la petite Gemma restait stationnaire…

La veille de son retour, au bout d'une nuit d'insomnie où il n'était pas arrivé à fermer l'œil, il se leva très tôt pour sortir marcher un peu et en profiter pour acheter des croissants aux amandes et à la fleur d'oranger : les préférés de Nonna. Au détour de la ruelle qui le ramenait à la maison, il manqua buter sur un mendiant couché au bas des escaliers de l'église Saint-Georges. L'homme devait avoir dans les soixante-dix ans et avait la tête posée sur une pile de livres. Gêné et apitoyé, Jonathan lui tendit un croissant. Le mendiant le fixa pendant quelques secondes avant de lui attraper la main.

« Tout est lié et il t'en coûtera sept », chuchota-t-il.

Il avait les doigts brûlants et Jonathan retira les siens d'un geste brusque. Mal à l'aise et le cœur battant, il fit la centaine de mètres qui le séparait de la maison au pas de course et sans se retourner.

— Quelque chose ne va pas ? lui demanda Nonna, inquiète, lorsqu'il surgit haletant à la cuisine. La seule fois où je t'ai vu réveillé aussi tôt, c'était le jour de ta naissance, et encore… Tu avais les yeux à moitié fermés. Viens ! On sera mieux en face de deux cappuccinos.

Rasséréné par son café, Jonathan parla de son étrange rencontre. Les yeux de Clara Lucia étincelèrent et elle sourit.

— Ne te moque pas de moi ! Je sais que cette histoire d'accident est en train de me déséquilibrer complètement.
— Je souris parce que les quatorze mille *locorotondesi* et moi nous voudrions être à ta place ce matin. Tu viens de recevoir une réponse qu'aucune infirmière de l'hôpital du Mount Sinaï n'aurait pu te donner.
— C'est quoi, ces balivernes ?
— Ton mendiant n'est que le vieux Pio. Il dort au bas des escaliers de l'église depuis la nuit des temps, et sous le porche quand il pleut. Gare à celui qui tente de lui trouver un autre abri… Il a ses habitudes, et surtout, son caractère. Un sacré bonhomme !
— Et quel rapport avec moi ?

— Eh bien, on l'appelle le mage de Locorotondo. En 2004, par exemple, il avait prédit le jour et l'heure où le fils du maire – en vacances en Thaïlande et porté disparu lors du tsunami – allait rentrer à la maison. Il avait aussi annoncé à la femme de mon médecin qu'elle aurait son premier enfant à quarante-quatre ans – après vingt ans de mariage ! –, et il avait déconseillé aux Forgione de réserver des places dans le train de Compostelle qui a déraillé.
— Ils ont fait partie des victimes ?
— Pas du tout ! Ils avaient annulé leur voyage. Ici, personne n'aurait l'idée de mettre en doute un présage du vieux Pio.
— Pratique. Il vous suffit donc de le consulter avant chaque décision et hop ! Vous passez à autre chose. Pas de réflexions inutiles et réponses exactes garanties.
— Un peu de respect, s'il te plaît. Notre mendiant ne fait part de ses prédictions que rarement, toujours de lui-même, et on ne sait jamais sur qui ça tombe. Il est donc inutile de lui demander quoi que ce soit parce qu'il ne répond à aucune question. D'où la grande chance que tu as.
— Tu es sérieuse ? s'éclaffa Jonathan. Alors, éclaire-moi sur cette phrase sibylline : « Tout est lié et il t'en coûtera sept. » Cela veut-il dire que la petite se réveillera dans sept jours, sept semaines, sept mois ou sept ans ? Remarque

que la Belle au Bois dormant a dormi pendant une centaine d'années sans dommages.

— Tout ce que je sais, répondit Nonna, c'est que tu viens de recevoir un cadeau de roi.

— Pourquoi moi ?

— Je ne suis pas dans le secret des mages.

— Je rêve cette conversation ! s'exclama-t-il en quittant brusquement sa chaise.

De Locorotondo à Naples (Floride)

Jonathan fit ses adieux à Nonna le cœur lourd. Mis à part la joie de la voir, ce séjour ne lui avait apporté aucune sérénité, et son bref contact avec le prétendu mage l'avait laissé aussi mal à l'aise qu'après la lecture d'un mauvais roman de science-fiction.

— Il y a certainement des explications à toutes les bizarreries qu'on raconte à son propos, se dit-il en arrivant à l'aéroport de Bari.

Atterrir à Manhattan après s'être réveillé à Locorotondo tenait du choc culturel, même pour un New-Yorkais. Le jeune publicitaire récupéra son appartement, appela Carmel pour des nouvelles (toujours rien !) et tenta d'effacer par un long sommeil tous ses décalages.

⁂

— Prêt à reprendre le boulot ?
— En principe, répondit Jonathan à son associé en réintégrant le bureau au lendemain de son arrivée.

— On n'a pas perdu de temps pendant ton voyage ! s'exclama Matthew. La campagne a bien démarré et l'on entend jusqu'ici les grincements de dents de ceux qui nous traitaient de *petits morveux qui auraient mieux fait de s'installer à Ploucville-Nevada*... Et toi, ça va mieux ?
— Ce n'était pas moi qui allais mal.
— Excuse-moi. Des nouvelles de la petite ?
— Excellentes : elle n'est toujours pas morte.

Matthew ne releva pas. Il espérait que se replonger dans l'atmosphère de l'agence allait aider son ami, et puis le temps ferait son œuvre. Mais Jonathan fut incapable de reprendre sérieusement le travail. Tout le mettait mal à l'aise : se concentrer sur une campagne qui lui avait porté la poisse ; traverser Madison Avenue à l'endroit de l'accident ; passer devant le Mount Sinaï Hospital qui n'était pas loin du bureau ; croiser dans la rue des vendeurs de ballons à hélium... Deux semaines seulement après son retour d'Italie, il s'en ouvrit à son associé.

— Je sens qu'il me faudrait une rupture de plusieurs mois pour changer complètement d'air. Je suis désolé de te faire ça, mais je n'y peux rien ! Ce qui est arrivé est arrivé, et ma réaction est ce qu'elle est.
— Tu veux aller où ? lui demanda Matthew avec inquiétude.

— Je pensais m'installer en Floride pour quelque temps. J'ai gardé contact avec un ami d'école qui a ouvert une agence immobilière à Naples, dans le golfe du Mexique. Il me trouvera un appartement à louer.

— Et que feras-tu là-bas ?

— Aucune idée ! Mais la Floride, c'est chez moi, même si je n'ai pas gardé la maison de Cap Canaveral.

— Bon. Si tu penses que ce retour aux sources te fera du bien, vas-y ! Nous avons une petite équipe qui se débrouille assez bien et le gros de ton travail de créatif pour la campagne actuelle est fait.

— Désolé, dit piteusement Jonathan, et merci de prendre aussi bien les choses. Tu as toutes les raisons de m'en vouloir.

— Tu t'en veux assez toi-même, lui répondit Matthew en lui donnant une tape dans le dos. On s'en sortira.

⁂

En moins d'une semaine, Jonathan sous-loua son appartement new-yorkais, rassembla ses affaires et arriva en Floride deux jours après Noël. Naples était une délicieuse petite ville située tout à côté des fameux Everglades, non loin de Key West qui formait l'extrême pointe du Sud des États-Unis, à moins de cent cinquante kilomètres des côtes cubaines. Il se retrouvait donc ici, comme sur le promontoire du mont Gargano, à la proue d'un pays.

«Même géographiquement, se dit-il, je me promène entre des situations extrêmes. Quant au reste... En quelques secondes, le temps d'un accident, mon euphorie a viré à la dépression; et en quelques jours, le temps d'une remise en question, je suis passé de l'état de publicitaire à Manhattan à celui de retraité en Floride !»

George Cross, son ami d'enfance, l'attendait à l'aéroport et l'accompagna jusqu'à l'appartement qu'il avait loué pour lui dans un *condominium* du bord de mer. Il supposait que seule une raison sérieuse pouvait avoir déraciné aussi brusquement Jonathan, mais ne posa aucune question, préférant bavarder innocemment en voiture.

— Je te l'avais dit qu'un train de vie new-yorkais te ferait quémander une retraite avant trente ans. Et vive la Floride ! Remarque que nous sommes nés dans un État où tous rêvent de venir mourir, alors forcément, ça fait de nous des instables de naissance...
— Et comment ça va à Cap Canaveral ? demanda Jonathan.
— Bien. C'est à quatre heures et demie de voiture d'ici et j'y vais environ une fois par

mois pour rendre visite à mes parents. Ta maison n'a pas changé et les nouveaux propriétaires n'ont même pas repeint les volets que ta grand-mère avait transformés en rose bonbon. Tout le quartier avait pourtant parié que ce serait la première chose que ferait un acheteur non daltonien.

« Et comment va-t-elle, ta Nonna ? poursuivit George en souriant et en secouant la tête. Te rappelles-tu combien elle nous tarabustait avec son Locorotondo ? Ça nous faisait bondir sur les canapés en lui criant : *Tu es une locco, tu es une locco.* Elle nous poursuivait alors avec un drapeau italien qu'elle gardait dans un porte-parapluie, puis nous consolait en nous préparant des îles flottantes à affoler un duc de Venise. Sacrée Nonna ! »

— Elle va aussi bien qu'une reine, répondit Jonathan en souriant aussi.

Malgré la perte prématurée de ses parents et grâce à la tendresse de Clara Lucia, la Floride aurait toujours pour lui l'image de l'enfance, de Flipper le Dauphin et de Jinny, la sorcière blonde mariée à Tony l'astronaute.

— Combien de temps comptes-tu rester ? demanda George.
— Le temps qu'il faudra.

— Si tu penses que ton séjour sera long, je te propose de venir travailler dans mon agence immobilière. Tu n'auras qu'à obtenir une licence d'agent et ici, le marché est assez sympathique.

Jonathan passa le mois de janvier à se promener, à réfléchir, à nager et à s'habituer à son *condo.* On était en haute saison et le temps était magnifique, la ville aussi. Naples était affolante à force de perfection : des magasins décorés comme des arbres de Noël ; des villas patriarcales, les pieds dans le golfe du Mexique et la tête dans les banians ; des restaurants sur le port à portée des pélicans qui surveillaient les bateaux de pêche comme des officiers de douanes ; et des plages où chaque grain de sable semblait avoir été poli et présenté sous sa plus belle facette.

Il obtint sa licence d'agent immobilier le 25 janvier et rejoignit l'agence de George. Il continuait d'appeler régulièrement Carmel, mais celle-ci, désolée, n'avait jamais de bonne nouvelle à donner. Il restait aussi en contact permanent avec son bureau de Manhattan.

Le marché immobilier en Floride, comme partout, avait été très affecté par la crise. Il y avait donc des occasions en or à saisir et beaucoup de ceux qui en avaient les moyens en profitaient. Il y avait aussi pas mal de clients septuagénaires, canadiens ou européens, qui voulaient réaliser le rêve de passer leur retraite ici. Les locations marchaient tout aussi bien, car un bon nombre de vacanciers arrivés pour de longs séjours trouvaient plus économique de louer au mois dans des résidences plutôt que de résider à l'hôtel.

Jonathan s'adapta vite à son job. Rencontrer des gens nouveaux, sillonner la région pour faire visiter maisons et condos et jouer de ses dons de publicitaire pour trouver des arguments de vente : ça le distrayait un peu de ses idées noires.

Un après-midi, trois semaines après avoir commencé à travailler, il vit un homme très roux d'une quarantaine d'années pousser la porte de l'agence. Vêtu d'un costume sévère et bon marché, celui-ci n'avait pas le profil du vacancier qui cherchait à louer, ni du spéculateur chassant la bonne affaire, ni du retraité en quête de maison. L'homme s'avança et lui tendit la main en se présentant avec un petit mouvement de tête.

— Gordon Smith.

La main de ce Smith était brûlante, à tel point que le jeune homme retira brusquement la sienne avec l'impression d'avoir refermé ses doigts sur de la cire fondue. L'inconnu semblait ne s'être rendu compte de rien.

— Comment puis-je vous aider ? demanda Jonathan, profondément mal à l'aise.
— Je voudrais louer un pied-à-terre pour un mois ou deux, à un prix qui ne dépasserait pas les 300 dollars la semaine.
— Puis-je vous demander dans quel genre de quartier ?
— Oh ! Je ne sais pas… Un endroit assez central où l'on peut croiser des gens connus.
— On n'est pas à Miami et on ne rencontre ici que des inconnus. Pour certains assez riches, mais inconnus quand même. À ma connaissance, la seule célébrité de l'endroit a été l'écrivain Robert Ludlum qui a terminé sa vie à Naples. Palm Beach est la ville la plus proche qui vous conviendrait, conclut Jonathan.
— C'est ici que je veux louer. Trouvez-moi alors quelque chose aux alentours de la principale artère commerçante.
— Puis-je avoir vos coordonnées ? demanda le jeune homme, de plus en plus mal à l'aise.
— Je loge actuellement au Naples Inn, chambre 44, et dépannez-moi vite parce que je n'aime pas les motels.

Jonathan promit de faire son possible et laissa Gordon Smith prendre congé en se

contentant de le saluer d'un mouvement de tête poli. George surgit de son bureau au même moment et en profita pour serrer spontanément la main de ce client qui s'apprêtait à partir. À peine ce dernier dehors, Jonathan demanda précipitamment à son ami :
— Qu'as-tu senti au contact de ce type ?
— Pardon ?
— Quand je l'ai salué à son arrivée, sa poignée de main était tellement brûlante que ma paume en est devenue rouge.
— George éclata de rire.
— Original ! Le soleil de Floride t'a tapé sur les paumes. Fais attention, mon vieux, mets des gants !

Puis il ajouta devant la mine déconfite du jeune homme :
— Viens ! Trouvons-nous un *Happy Hour* pour nous détendre un peu. Il faut dire que tu es arrivé à l'agence en pleine haute saison et que tu t'es drôlement dépensé en vingt jours.

Plaie d'argent est mortelle

Gordon Smith commença à travailler à quatorze ans et à épargner au même âge. Tout était bon pour se faire un peu d'argent de poche : laver les voitures du voisinage, faire les courses pour les vieux du quartier, jeter les poubelles, faire jouer les enfants… Et chaque dollar était caché sous le matelas du lit, puis plus tard sur un compte en banque.

Le père de Gordon, originaire du Queens, avait été plombier. Mort à quarante ans d'une crise cardiaque qui l'avait attaqué dans la salle de bain des voisins, il avait laissé sa femme et son fils de dix ans sans le sou.

Yvana, la maman de Gordon, n'avait alors eu que le choix de faire des ménages, encouragée par les mêmes voisins chez qui son mari était décédé. Elle inaugura d'ailleurs sa carrière en commençant par nettoyer leur salle de bain.

Le jeune garçon partagea donc son adolescence entre école et petits boulots, poussé par sa mère à être de plus en plus économe. Celle-ci, d'origine tchèque et fille de petits fonctionnaires de Prague, avait elle-même hérité de ses parents la politique du sou caché.

« Garde ton sou blanc pour tes jours noirs » était un adage que Gordon avait absorbé avec le lait de ses biberons.

À dix-huit ans, le jeune homme fut engagé comme garçon de courses dans une épicerie familiale. Honnête, travailleur, poli, toujours à l'heure, il gagna vite la confiance des propriétaires, d'autant plus que tout le quartier connaissait et appréciait Yvana.

Lorsque le vieil homme qui tenait l'épicerie mourut, sa femme s'en remit naturellement à Gordon ; et lorsque celle-ci décéda quelques années plus tard sans laisser d'héritier, elle s'en remit aussi à Gordon… Ce dernier se retrouva donc à vingt-huit ans à la tête d'un petit pécule : 5200 dollars gagnés avant ses dix-huit ans grâce à ses petits boulots d'adolescent ; 40000 dollars économisés en dix ans de travail à l'épicerie ; et 200000 dollars qui correspondaient à la valeur de cette même épicerie.

Gordon Smith continua à gérer le magasin en maître, et il se fit aider par sa mère. Ce qui avait commencé par être un petit emploi devint donc une affaire de famille.

Little Gordon – comme l'appelaient toujours les clients – était désormais riche, mais toujours économe. Les dépenses superflues n'étaient tout simplement pas son fort. À trente-cinq ans, il finit par épouser une voisine de palier qu'il avait plus ou moins courtisée pendant des années – ayant toujours préféré l'idée du mariage au mariage lui-même... Mais Yvana revendiquait le droit d'avoir des petits-enfants et son fils le lui devait bien. Les noces ne surprirent personne et arrangèrent tout le monde : l'épouse trouva chaussure à son pied, l'époux agrandit son espace vital en abattant les cloisons séparant son appartement de celui de sa voisine, devenue sa femme, et la mère devint vite la grand-mère d'un petit Yvan.

⁂

Les affaires marchaient bien, le carnet d'épargne de la famille prenait du poids, mais les intérêts bancaires baissaient chaque année. Gordon se demandait souvent s'il ne serait pas plus intelligent d'investir ses économies en achetant un bien immobilier ou autre chose qui pourrait garder à l'argent sa valeur. Sa mère lui avait mille fois raconté comment, pendant la Seconde Guerre mondiale, la monnaie allemande avait été tellement dévaluée que les gens poussaient des brouettes de marks pour aller acheter quelques denrées alimentaires... Il ne savait pas si Yvana exagérait, mais cette image de brouette l'avait marqué. Et puis la rubrique économique de son journal ne parlait que d'endettement colossal et de menaces sur le dollar. Épicier brillant, Gordon ne s'y entendait pas du tout en finances et il finit par faire des cauchemars où il voyait des gens pousser des brouettes remplies de billets verts dans Wall Street et les vendre à la criée. Il se réveillait alors angoissé, filait discrètement au salon, allumait la télévision et zappait entre CNBC et Bloomberg. Là, des dandys en cravate et de pulpeuses jeunes femmes l'abreuvaient de taux de chômage qui s'envolait, d'inflation qui grimpait, de géants financiers qui tombaient, de monnaie qui chutait... et tout cela d'un ton ludique comme si leur studio télé avait été un abri qui les isolait de tous les cataclysmes financiers qu'ils prédisaient allègrement. Même la crise de 1929 était parfois évoquée d'un ton nostalgique ! Gordon réintégrait alors son lit et reprenait son cauchemar là où il l'avait laissé. À l'épicerie, les bribes de conversations captées à longueur de journée tournaient pour la plupart autour du même sujet : la crise. Et chacun y allait de sa recette pour sauver l'épargne ou, à un stade plus avancé, pour sauver les meubles. Gordon écoutait, enregistrait et réfléchissait.

Un matin, un homme vêtu avec une élégance peu courante dans le quartier entra dans son magasin pour acheter un paquet de bonbons à la menthe. Il parlait sur son portable et l'épicier dressa l'oreille : « Mais oui, mon vieux ! C'est le choix le plus intelligent. De toute façon, je ne te laisserai rien faire d'autre. Tout le reste est risqué dans cette conjoncture... Oui, je m'en occupe, on investit le tout. »

— Vous me devez deux dollars pour les bonbons, dit Gordon à ce client si bien habillé lorsque ce dernier se présenta à la caisse, mais la maison pratique aussi le troc. Un bon conseil fera l'affaire.

L'homme éclata de rire et l'épicier, confus de son audace, s'excusa.

— Ne vous excusez surtout pas ! Vous ne pouviez pas mieux tomber pour être payé avec cette monnaie-là. Je me présente : Wayne Massari, *broker* à la FFNY, et voici ma carte. Je pourrais vous donner un rendez-vous tout à fait gratuit la semaine prochaine si vous avez besoin de quelques conseils. Et voici quand même deux dollars pour un petit paquet qui risque de vous en faire gagner un gros, ajouta le *broker* en se saisissant de ses bonbons et ravi de son jeu de mots.

Gordon passa un mois à réfléchir avant de prendre rendez-vous avec Massari. Il s'était renseigné à propos de la FFNY d'abord, et on lui avait assuré que c'était une banque privée très sérieuse. Même au plus fort de ses angoisses, il n'avait jamais pensé s'adresser à un courtier pour protéger et faire fructifier son capital. Ce n'était pas dans sa mentalité ni dans sa culture… Le seul conseil qu'il avait failli suivre était celui de sa mère : « Achète de l'or même au plus fort, puis dors et fais le mort. C'est la seule devise financière que peuvent adopter les gens comme nous », lui avait-elle souvent répété. Mais Gordon n'avait pas osé.

Durant ses séances nocturnes de CNBC, il avait vu les cours de l'or dégringoler sans motif. Mieux valait prendre l'avis d'un expert. Yvana était bien gentille, mais riche de son enfance en Tchécoslovaquie, de son mariage dans le Queens et de ses séances de ménage dans le quartier, elle avait autant de chance de donner un bon conseil financier qu'une religieuse cloîtrée.

⁂

Gordon Smith et Wayne Massari se réunirent au sein des locaux de la FFNY. Le chic du quartier, le look de l'immeuble, le luxe des bureaux et l'élégance des costumes conquirent l'épicier du Bronx aussi sûrement qu'un bilan de société super-actif.

— Il n'est pas courant que notre banque accepte de gérer une somme aussi modeste que cinq cent mille dollars, expliqua Massari, mais je vous ai trouvé sympathique et on nous donne la latitude de faire des exceptions.

Gordon se sentit en même temps humble et flatté. Il avait parlé au *broker* de son demi-million d'économies, mais sans mentionner qu'il voulait investir le tout. En fait, il avait pensé laisser la moitié dormir en banque, mais il n'osa plus le préciser.

— Je vous proposerai donc un panier d'investissements bien équilibré. Si vous perdez un peu d'un côté, vous vous rattrapez largement de l'autre, et au total, vous serez gagnant, poursuivit Massari.

L'épicier se détendit. Voilà qui supprimait toute inquiétude ! Pauvre Yvana qui lui conseillait de n'acheter que de l'or… Elle n'avait aucune notion de répartition des risques et le seul panier qu'elle connaissait était celui de la ménagère.

— Si on écoutait les gens du quartier, dit-il en souriant, on n'achèterait que du métal précieux.

— Que voulez-vous ! s'exclama le *broker* en souriant aussi, les petites gens sont des angoissés et des ignorants. Ils en sont encore à l'ère des chercheurs de pépites.

— Je me lève quelques fois la nuit pour jeter un coup d'œil à Bloomberg, jeta nonchalamment Gordon.

— Ça ne m'étonne pas ! Quand je vous ai vu dresser l'oreille pendant que je parlais au téléphone dans votre magasin, je me suis dit : « Wayne ! Cet homme a la fibre des finances ! »

L'épicier pencha modestement la tête et promit de transférer son demi-million de dollars au plus tôt.

⁂

Gordon Smith cacha à sa femme et à sa mère sa décision d'investir son argent en bourse. D'abord, il considérait que ça ne les regardait pas ; ensuite, les femmes devenaient frileuses lorsqu'elles voyaient les dollars domestiques quitter le cocon tiède du compte épargne. Or, il était entièrement d'accord avec monsieur Massari qui lui avait dit : « De l'argent qui dort est de l'argent mort. Il faut faire fructifier son capital comme on cultive de la bonne terre… et tout ce qui n'augmente pas diminue. » Ce dernier lui avait bien expliqué les mécanismes du marché et présenté les trois domaines où son épargne allait être investie. « On va appliquer la loi des trois tiers pour augmenter nos chances et diminuer nos risques, monsieur Smith… Gordon ! Et maintenant que je suis votre *broker*, appelez-moi Wayne. Je parlais donc de diviser notre capital en trois : un tiers pour acheter les actions d'une cimenterie mexicaine qu'on voit s'envoler jusqu'à soixante dollars l'une. Elles étaient à dix-sept en début d'année et en sont déjà à trente… Il faut faire vite ! Je vous achèterai du Dow Jones avec le second tiers. Il était arrivé à quatorze mille avant de dégringoler. Il ne peut donc que remonter. Rappelez-vous, Gordon ! Un indice remonte toujours. Quant au tiers restant, on va le garder pour acheter des monnaies. L'euro et le sterling ont beaucoup chuté, c'est le moment d'en prendre. Voilà un panier bien tressé, Gordon, mais si vous n'êtes pas d'accord, je suivrai bien évidemment vos directives. »

Gordon Smith était bien sûr d'accord. Malgré ses quelques heures passées à somnoler devant les jolies journalistes de la CNBC, il ne connaissait de produit mexicain à acheter que la Corona ; n'avait jamais entendu tinter un euro dans la caisse de son épicerie ; et n'arrivait pas à comprendre comment un indice, avec ses bons de kangourou ivre, pouvait indiquer quoi que ce soit !

Mais probablement qu'un expert, lui, savait.

En trois mois, le panier d'investissements de Gordon était devenu une vraie nacelle : Wayne avait eu raison et tout s'était envolé (dans le bon sens du terme). L'épicier passait ses journées au magasin, un œil sur sa caisse et un autre sur son poste de télé, branché en permanence sur une chaîne qui faisait défiler valeurs et monnaies. Chaque point gagné lui faisait ressentir un élan d'affection envers le client qui réglait son dû à ce moment-là, et il ajoutait un petit quelque chose au sac d'achats (paquet de chewing-gum ou de chips) en déclarant avec un grand sourire : « Tenez ! Une petite gâterie pour les enfants. Mais non… ce n'est vraiment pas grand-chose. Ça ne va pas me ruiner, madame Brown. »

Pendant les repas familiaux, il jetait souvent des coups d'œil condescendants et attendris à sa femme et à sa mère en train de manger innocemment. « Comme on évolue dans des mondes différents ! » se disait-il.

À environ cent mille dollars de gains, en bon épicier, Gordon proposa à son *broker* de tout liquider. Il avait voulu faire travailler son capital : c'était fait. Il l'avait augmenté du cinquième en seize semaines : c'était miraculeux. Maintenant, il pouvait réintégrer sa banque avec la satisfaction d'une mission accomplie.

— Comment ? s'écria Wayne Massari, connaissez-vous un seul homme d'affaires qui sort d'un indice qui monte ? C'est comme se débarrasser d'un cheval au moment où celui-ci commence à gagner toutes les courses ! Attendons au moins que les cours plafonnent.

Les cours n'eurent pas le temps de plafonner, car leur plafond même s'effondra. De graves malversations découvertes dans la comptabilité de la cimenterie mexicaine firent tomber les actions en trois heures de temps. Des rumeurs concernant la faillite d'un État européen volèrent quinze points à l'euro en quelques jours. La chute de deux grosses banques américaines fracassa les cours du Dow Jones. Tout se passa si vite que Gordon n'assimila vraiment ce renversement de situation que quand Wayne l'appela pour lui proposer de quitter précipitamment toutes ses positions.

— Si on sort tout de suite, lui conseilla-t-il, on limite nos pertes à cent mille dollars et on fait les morts pour un certain temps. Le marché est trop dangereux.
— Perdre cent mille dollars alors que j'étais gagnant d'autant et que vous m'avez déconseillé de toucher mon gain ? s'exclama Gordon, choqué.
— Tout a changé en quelques jours et je ne suis pas devin. Fichez le camp, monsieur

Smith ! Maintenant ! On se repositionnera plus tard.

— Trop facile ! Je vous confie un demi-million de dollars, vous me garantissez des gains sans risque, et maintenant, vous changez d'avis ?

— À moindres risques, corrigea le *broker*.

— … et vous me piquez cent mille dollars !

— Vous divaguez. Et d'ailleurs, pour qui me prenez-vous ? Je ne maîtrise pas le marché à moi tout seul.

— Vous n'étiez pas si modeste quand vous parliez de votre fameuse loi des trois tiers ! En effet, trois tiers perdants, c'est plus sûr pour bien se faire avoir ! Par contre, heureusement qu'on a évité d'acheter de l'or dont les cours sont en train de s'envoler : ce n'est qu'un investissement de bonne femme.

— Je n'ai jamais dit une chose pareille ! s'indigna Massari, mais je comprends votre désarroi. Vous n'avez pas l'habitude des marchés. Sortons maintenant et nous nous rattraperons.

— Il n'y a plus de nous ! C'est *mon* argent et j'attendrai le temps qu'il faudra pour *tout* récupérer. Et puis j'effacerai jusqu'à votre nom de ma mémoire.

⁂

L'épicier cessa de dormir. Il passait la moitié de ses nuits à lancer des imprécations contre son *broker* et l'autre moitié à écouter les retransmissions des débats télévisés où des journalistes financiers se battaient à coups de chiffres et d'avis contradictoires. Les uns prédisaient l'apocalypse et les autres une reprise immédiate. Les uns parlaient de l'éclatement d'un système et les autres d'un nuage de passage. Gordon décida de miser sur les optimistes et de garder ses positions.

Le marché continua de dégringoler. Au bout de quelques semaines, il ne resta plus à l'épicier du Queens que les actions mexicaines au quart de leur valeur. Le reste s'était évaporé. Lorsque son *broker* l'appela pour faire le point, il explosa.

— Je vous avais averti, dit Massari. Vous avez joué et perdu. Ce sont les aléas du marché.
— C'est *vous* qui avez décidé d'investir toute mon épargne.
— Je ne vous ai forcé à rien, protesta le courtier. De plus, je vous ai conseillé de sortir de vos positions lorsqu'il en était encore temps.
— Je n'avais plus confiance en vos conseils !
— Les meilleurs experts se sont plantés et d'autres que vous ont perdu des millions.

— Mais pour moi, ce sont *vingt ans d'économies* ! hurla Gordon au téléphone.
— Depuis le 11 septembre, la Bourse devient de plus en plus traîtresse. Vous n'aviez qu'à investir dans l'immobilier. Même dans le cas où son prix baisse, une maison ne s'envole pas comme de l'argent mal placé et de toute façon, c'est le moment idéal pour acheter. À bien moins de cinq cent mille dollars, vous auriez pu acquérir une belle baraque en Floride avec, en prime, une possibilité de location pour couvrir les charges. C'est ce que j'ai fait moi-même. Je vous ai d'ailleurs une fois parlé de ma villa là-bas.
— Mais vous ne m'avez pas proposé un investissement pareil !
— Ce n'est pas mon boulot. Je ne suis pas agent immobilier.

C'est exactement à cet instant-là que Gordon Smith décida de tuer Wayne Massari.

⁂

L'épicier du Queens perdit l'épicerie qu'il avait hypothéquée afin de payer des travaux prévus pour être couverts par ses gains en bourse. Il perdit sa femme qui ne lui pardonna pas d'avoir joué leur avenir sans même la consulter. Il perdit la confiance de sa mère qui lui reprocha d'avoir oublié tous les principes de sagesse qu'elle lui avait inculqués. Pour Gordon Smith, la FFNY était responsable de tous ses malheurs et Wayne Massari en était le représentant. Il lui fallait un bouc émissaire.

Ruiné, sa famille éclatée, n'ayant plus rien à perdre que son désir de vengeance, il décida d'avoir la peau de son ex-*broker*.

Il arriva à Naples le 14 février, car il savait que le courtier prenait une vingtaine de jours de vacances ici à cette période de l'année. Avant de venir, il s'était bien renseigné.

La ville en question était petite et sélecte, ça ne devrait pas être difficile d'y retrouver quelqu'un avec un peu de chance – s'il lui en restait.

« Ce sera certainement plus simple d'éliminer ce salaud ici qu'à New York », s'était-il dit, mais sa rage n'en avait été que plus grande… Cet escroc avait une résidence secondaire dans un endroit cher et branché alors qu'il venait de le ruiner lui, Gordon Smith, qui avait *tout* avant de le rencontrer : une épicerie, une maison, une famille, une vie irréprochable, des principes et cinq cent mille dollars en banque.

La première chose à faire maintenant était de se trouver quelque chose de bon marché à louer dans un quartier central, puis de repérer le point de chute de Massari, puis… Il n'avait rien planifié du tout ! S'il arrivait à ses fins, ce serait vraiment le crime le moins pensé de tous les crimes prémédités. Il avait juste décidé de garder un couteau en poche et de suivre le *broker* dans ses déplacements. Bien plus que l'amour, la haine est aveugle.

⁂

Jonathan trouva rapidement un studio meublé à ce client qui le mettait si mal à l'aise. Il avait dû lui serrer la main une seconde fois et la même sensation de brûlure intense lui avait envahi la paume. Il n'en avait plus parlé à son ami George, mais ça le perturbait. Ce qui le dérangeait tout autant était une conversation bizarre qu'il avait eue avec Smith.

Le lendemain de son installation, celui-ci était passé à l'agence pour savoir ce qu'il y avait à visiter en ville alors que Naples était grande comme un mouchoir de poche.

— Vous avez le choix entre le shopping, le golf, la plage et la pêche, avait expliqué Jonathan. Il y a aussi un zoo.
— Et que préfèrent les vacanciers ?
— Mais ça dépend lesquels ! Chacun sa préférence.

— Disons les hommes d'affaires, les financiers... tout ce monde-là.

— Eh bien, les plus riches ont des maisons sur le golfe. Je pense que ce qu'ils préfèrent, c'est recevoir des amis et faire des tours en mer. Ils aiment aussi les restaurants de Tin City, au ras de l'eau.

Tin City était l'endroit le plus branché de Naples. C'était un minicentre commercial, tout en bois, perché sur le petit port et rustique à souhait. C'est de là que, surveillés par les pélicans et filés par quelque dauphin curieux, les bateaux de plaisance ou de pêche rompaient leurs amarres pour aller admirer les énormes villas qui trempaient leurs jardins dans l'eau du golfe. Le samedi, Jonathan aimait bien venir ici pour déguster un consommé de moules avant d'acheter une place sur le *Lady Brett*, un petit bateau qui emmenait les amateurs faire une partie de pêche. C'est là qu'il rencontra Gordon Smith, lequel, apparemment, avait de la suite dans les idées.

— Vous avez suivi mon conseil ? demanda-t-il poliment à son client.

— Absolument ! Et je m'apprêtais à faire un petit tour en bateau pour jeter un coup d'œil aux villas. Mais douze dollars pour une demi-heure, ce n'est pas donné ! Combien payez-vous votre partie de pêche ? ajouta-t-il en voyant que le jeune homme avait un ticket en main.

— Quarante dollars les deux heures, mais c'est uniquement pour les amateurs et la plupart des poissons sont rejetés à l'eau.

— Le visage de Smith se rembrunit.

— Dites donc ! Vous êtes riches, ici.

Jonathan se demanda une fois de plus ce que cet homme était vraiment venu faire tout seul à Naples. C'était loin de New York pour des vacances et il manquait évidemment de moyens.

— Votre agence a-t-elle vendu beaucoup de belles propriétés, de ce côté-là ? poursuivit Smith.

— Aucune idée ! Je n'y travaille que depuis peu et je ne suis pas d'ici.

— Et vous êtes d'où ?

— De New York, répondit le jeune homme du bout des lèvres.

— L'épicier haussa les sourcils, vivement intéressé.

— Vous avez dû avoir des problèmes pour, à votre âge, quitter la Grosse Pomme afin de venir dans le coin. Un chagrin d'amour ou… des ennuis financiers, peut-être ?

— Ça ne vous regarde pas, répondit sèchement Jonathan qui avait perdu son ton poli.

— Oh, ne prenez pas la mouche ! Avec cette crise, beaucoup d'innocents épargnants ont payé le prix fort. Alors forcément, après avoir tout perdu, on est parfois obligé de se refaire une vie ailleurs. Il suffit d'avoir été en contact avec des *brokers*. Ils portent bien leur nom, ceux-là ! Ils cassent vraiment ceux qu'ils touchent... Et d'ailleurs, tous les termes qu'ils utilisent leur ressemblent : « Être *exécuté* », « *Enterrer* une position », « Faire le *mort* »...
— J'ai déménagé ici par choix et le monde des courtiers ne m'intéresse pas.
— Vous devez quand même en avoir beaucoup, parmi vos clients.
— Aucune idée.
— J'ai un ami qu'ils ont complètement ruiné, ajouta Gordon Smith en s'entêtant à poursuivre la conversation.
— Il n'avait qu'à ne pas s'adresser à eux, répondit Jonathan en s'éloignant. Excusez-moi, mais mon bateau va partir.

« Tout se paie ! » furent les derniers mots qu'il entendit en sautant sur la passerelle. Et curieusement, il eut l'impression que Smith ne parlait pas de son ami ruiné.

⁂

Wayne Massari adorait Naples. Il y avait acheté une propriété relativement bien située, autant pour faire un investissement que pour en profiter. Comme il n'y venait qu'entre février et mars, il avait confié à une agence immobilière le soin de la louer pour de courtes périodes d'été ou d'hiver.

À demi allongé sur un transat posé sur la jetée en bois de sa maison qui donnait sur le golfe, un verre de Piña Colada glacée à la main et le dernier John Grisham ouvert sur le ventre, Massari se sentait envahi par un sentiment de sagesse mêlée d'indulgence. L'ambiance dans les locaux de la FFNY avait été exécrable cette année à cause de la tension générée par la folie des marchés. Beaucoup de clients avaient perdu une bonne partie de leur capital et peu d'entre eux avaient accepté le fait accompli. La FFNY avait même reçu des menaces anonymes.

« Les *brokers* deviennent trop souvent les boucs émissaires des investisseurs malheureux qui oublient que nous ne sommes pas responsables des caprices du marché, se dit-il. Cet épicier du Bronx, par exemple, avait commencé par s'entêter à garder des positions perdantes avant de se déchaîner contre moi ! Ces petites gens ne devraient pas toucher à la Bourse… Ils n'ont ni les moyens de perdre ni les capacités de comprendre pourquoi ils ont perdu. Mais les marchés suivent la loi de la sélection naturelle : ils éliminent la petite friture et ne gardent que les gros poissons qui peuvent survivre en eaux troubles. Ouf ! J'avais bien besoin de vacances, cette année ! Heureusement que j'ai pu acquérir cette villa à 800000 dollars seulement alors qu'elle en valait au moins 400000 de plus… Mais ce client qui me l'a vendue était vraiment en mauvaise position et avait besoin de cash. Je l'ai dépanné en lui achetant sa bicoque tout de suite. Normal ! C'était mon client et je me sentais un peu responsable de ses problèmes. Être un bon *broker* c'est savoir persuader, donner les conseils avisés qui circulent dans le milieu, se féliciter en cas de gain, compatir en cas de perte et tenter de saisir quelques bonnes occasions soi-même parce qu'après tout, il faut bien survivre ! »

Massari quitta son transat pour aller se servir un autre verre. La maison était petite, mais admirablement située, sans toutefois avoir les pieds dans l'eau. Les villas voisines dépassaient pour la plupart les cinq millions de dollars avec embarcadère privé, jardin luxuriant et surface habitable de sept cents mètres carrés pour la plus modeste. Mais la sienne lui convenait parfaitement. Il était entouré de clients potentiels auxquels il donnait l'image de quelqu'un qui pouvait faire gagner gros sans penser à s'enrichir lui-même… Idéal !

Célibataire et ravi de l'être, Wayne aimait passer ses vacances tout seul et ses petites amies de New York restaient à New York pour ne pas créer des habitudes. De toute façon, et même si la moyenne d'âge était canonique ici, il y avait toujours la possibilité de rencontrer une belle fille sur la plage et de l'inviter pour un soir ou deux. Mais ce n'était vraiment pas indispensable. Le plus agréable était de se reposer loin du brouhaha boursier, des clients déprimés qui vous prenaient pour leur mère et des analystes financiers qui coupaient les cheveux en quatre.

Trois semaines à passer en short et chemise fleurie en quittant à peine son transat et les bons *thrillers* qu'il avait apportés avec lui. Il ne sortait qu'à midi pour aller déjeuner au Red Lobster, un restaurant de fruits de mer aux prix abordables et situé tout à côté de Publix, la grande surface où il faisait ses achats. La seule obligation à laquelle il n'allait pas pouvoir échapper était l'invitation au mariage du responsable de l'agence qui gérait les locations de sa maison, et qui était devenu un ami. Mais il n'avait aucune tenue assez décente pour assister à une cérémonie de ce genre. Toutefois, il avait aperçu un Joseph Abbot dans le centre-ville. C'était une marque de vêtements pour homme qui avait des *tuxedos* pas trop chers – dans les 1 250 dollars, quand même ! Mais ça pourrait toujours servir pour d'autres occasions et il irait jeter un coup d'œil la semaine prochaine. Qui sait ? Il rencontrerait peut-être à ce mariage des personnes qui avaient de l'argent à investir et, dans ce cas, le coût du costume serait amorti très vite. Chaque ami était un client potentiel. Mais chaque client ne devenait certainement pas un ami !

⁂

Gordon Smith tournait en rond à Naples depuis dix jours déjà, mais n'avait toujours pas trouvé l'adresse de Massari dont le nom ne figurait pas dans l'annuaire téléphonique. Il passait donc son temps à sillonner les rues commerçantes, les supermarchés et les *malls*.

Il avait tenté de cuisiner le Jonathan de l'agence qui lui avait loué son appartement – les agents immobiliers étant souvent bien informés. Mais celui-ci semblait le fuir et les rares fois où ils s'étaient serré la main, le jeune homme avait réagi comme s'il venait d'être piqué par une guêpe. Drôle de garçon ! Il avait eu beau le nier, il était sûrement venu travailler ici pour se mettre à l'abri de quelque chose – cette ville étant une destination de vacances pour retraités et non pas un endroit pour faire carrière… Il avait peut-être été ruiné comme lui, pour les mêmes raisons, et avait tout perdu à New York. Ou bien était-il un *broker* en fuite et menacé par des clients qui avaient juré d'avoir sa peau ? Smith s'amusa de l'idée. Il ne devait sûrement pas être le seul ruiné qui rêvait de vengeance. Le pays était en pleine crise et à la télévision, on ne voyait que des financiers inculpés de fraude et des foules en colère. Mais qui allait rembourser qui ? Ce qui était perdu était bel et bien perdu, mais lui, Gordon Smith, allait se rendre justice. Ça ne lui rendrait pas son argent, mais au moins, Massari ne se promènerait plus en BMW et n'irait plus passer ses vacances dans sa maison de Floride. Au moins ça !

Gordon Smith n'était pas un assassin. Ce n'était qu'un épicier. Il était arrivé à Naples à l'aveuglette, sans aucune idée de ce qu'il ferait au courtier s'il le retrouvait, et comme un adolescent qui a mal tourné, il se promenait avec un couteau en poche dans le cas où… Plongé dans son désespoir, il lui arrivait pourtant d'avoir des éclairs de lucidité. Que faisait-il dans une ville qu'il ne connaissait pas, à la recherche d'un homme dont il ignorait tout, en quête d'une vengeance qui ne lui rendrait rien ? Mais sinon quoi ? Repartir dans le Queens pour recommencer une vie à zéro, et à son âge ? Il était maintenant sans argent, sans travail, sans maison, sans famille.

Mais pas sans rancune. Gordon Smith n'était pas un assassin. Il n'était plus rien d'autre non plus.

⁂

À l'agence, le travail ralentissait un peu. Le printemps, puis la chaleur humide de l'été inaugureraient bientôt la basse saison. Jonathan se trouvait donc plus libre, mais ne savait pas quoi faire de son temps de loisirs. Son ami George le traînait à des parties de golf ou le forçait à aller courir avec lui sur la plage, mais le cœur n'y était pas.

Il continuait d'appeler Carmel chaque quelques jours, bien qu'elle lui ait promis de le contacter d'elle-même au moindre changement dans l'état de la petite Tomasini. Matthew se débrouillait bien à New York et lui envoyait régulièrement des rapports sur la campagne en cours. Quant à Nonna, il l'appelait sur Skype tous les 25 du mois, à dix-neuf heures chez elle. En principe, sa grand-mère n'aimait être appelée que sur son cellulaire, ce qui lui permettait de bavarder en se promenant dans le jardin pour caresser ses plantes. Les appels à courte ou longue distance de Clara Lucia devenaient donc intimes à tout le quartier... Il arrivait même qu'une voisine s'informe après-coup au sujet d'une

phrase qui l'avait intriguée et la questionne en omettant un L de son prénom pour lui faire accepter l'indiscrétion :
« Dis-moi, Cara Lucia, *cara mia*, quel problème dois-tu régler ce lundi ? Je t'ai entendue par hasard en parler au téléphone et… peut-être que je peux aider. »

En Italie, Jonathan en riait, mais quand c'était lui qui appelait des États-Unis, cela l'amusait moins, et il insistait pour que Nonna ne lui parle qu'à partir du PC de son bureau. En outre, l'observer sur grand écran le rassurait. Elle avait beau être en parfaite santé et entourée de voisines aussi affectueuses que curieuses, il n'oubliait pas que ses soixante-dix ans étaient derrière elle.

Rêver de ses séjours chez Nonna ne faisait pas oublier au jeune homme que son arrivée à Naples datait de deux mois déjà. Piégé dans un *statu quo* qui pouvait durer tant que la petite serait dans le coma, il se disait souvent à lui-même : « Ne fabule pas, mon vieux ! Tu as fui quelque chose qui te suit et tu es en attente d'un miracle que personne ne peut provoquer. Que ça te plaise ou non, tu devras un jour reprendre ta vie là où cette petite a déposé la sienne et remarcher tous les jours dans cette avenue où elle se promenait avec son ballon… »

Plongé une fois de plus dans ses sombres pensées, Jonathan arpentait Main Street, l'artère commerçante de Naples. Il était treize heures et il n'avait pas eu assez faim pour aller, comme à son habitude, consommer sa soupe de moules au Red Lobster. En flânant, il se retrouva devant la vitrine d'un magasin de poupées. Le cœur serré et encore plus déprimé, il changea de trottoir. C'est alors qu'il aperçut Gordon Smith, reconnaissable tout de suite grâce à sa tignasse rousse. Toujours aussi lourdaud et mal habillé, celui-ci se déplaçait en faisant face aux vitrines, comme un crabe, mais la tête constamment tournée vers le trottoir. Jonathan ralentit instinctivement le pas.

Après avoir rasé quelques devantures de magasins, Smith pénétra chez Joseph Abbot, une marque de vêtements pour hommes aux prix relativement raisonnables, mais nettement au-dessus des moyens que devait avoir, de toute évidence, un homme comme lui.

Jonathan le suivit à l'intérieur du magasin, pratiquement vide à cette heure-ci. Un seul client vêtu d'un short et d'une chemise fleurie était en train de se choisir un costume, et il reconnut quelqu'un qu'il avait déjà vu au Red Lobster. Ce dernier se décida pour un *tuxedo* couleur anthracite et se dirigea vers les cabines d'essayage. Gordon Smith attrapa alors une tenue au hasard, sans même y jeter un coup d'œil, et prit la direction des mêmes cabines situées derrière une porte battante au fond du magasin.

Intrigué, Jonathan suivit les deux hommes sans réfléchir.

Les seuls membres du personnel présents étaient un vendeur qui arrangeait des vêtements mal pendus près de l'entrée principale et un second qui faisait la conversation à la caissière.

Wayne Massari était satisfait : ce costume coûtait 1 250 dollars, soit exactement le prix qu'il comptait payer. Il pénétra dans l'une des cabines qui étaient toutes vides et se débarrassa rapidement de son short, mais n'eut pas le temps d'enfiler le pantalon du *tuxedo*. Une main ouvrit brusquement le rideau qu'il venait de tirer et il vit un homme roux brandir un couteau. Ahuri, il reconnut son ancien client, l'épicier du Queens.

— Stop ! cria Jonathan en surgissant dans le sas des cabines.

Gordon Smith tourna la tête vers lui, blanc de rage.

— Que fichez-vous ici ?

Sans le tragique de la situation, la scène aurait été burlesque : un homme vêtu d'un complet étriqué menaçait de son couteau un autre homme en slip, debout dans une cabine d'essayage. Du Laurel et Hardy.

— Appelez la police ! souffla l'homme en slip, terrorisé.
— Personne ne m'empêchera de vous éventrer, espèce d'enfoiré. Je vous saignerai à blanc comme vous m'avez saigné, siffla Smith.
— Lâchez ce couteau ! lui intima Jonathan sans bouger.
— Mais appelez donc un vendeur ! Donnez l'alerte, Bon Dieu ! dit l'homme d'une voix chevrotante.
— Et vous ? Vous m'avez alerté, peut-être ? reprit Smith en le singeant. Ne vous en faites pas, monsieur Smith ! En diversifiant les placements, on ne risque rien. Le fameux principe des trois tiers, n'est-ce pas ? Perdre trois fois cent soixante-six mille dollars, c'est moins grave que d'en perdre cinq cent mille d'un coup. Question de calcul. Et puis pourquoi quitter le marché quand on est gagnant ? Il n'y a que les imbéciles qui sortent d'une position qui grimpe. Mieux vaut se retirer quand on a déjà perdu les trois quarts de son capital, c'est déjà plus intelligent. Et si

on ne s'exécute pas tout de suite, reconnaissant de récupérer une partie de ses économies, quelle ingratitude envers les bons conseils ! Alors tant pis pour vous, monsieur Smith ! Plus d'argent du tout ! Vous ne méritez pas d'en avoir. Vous avez perdu votre maison ? Le motel n'est pas pour les chiens ! Votre femme vous a quitté ? Remariez-vous ! Vous n'avez plus d'épicerie ? Il n'y a pas de honte à redevenir employé ! Et fichez-moi la paix avec vos cinq cent mille dollars, monsieur Smith, d'autres ont perdu plusieurs millions avec plus d'élégance… Laissez-moi passer mes vacances en Floride en paix ! Déjà que je ne profite de ma résidence là-bas que pendant les quelques semaines d'hiver… Trop occupé à ruiner des imbéciles comme vous le reste de l'année.

L'épicier tremblait de rage et Jonathan commença à comprendre pourquoi cet homme puait le désespoir et la haine, émettant des vibrations tellement négatives qu'elles empoisonnaient les ondes tout autour de lui. Peut-être que ses poignées de main brûlantes étaient aussi liées à ça ? Un peu simpliste comme raisonnement, mais il s'y accrocha.

— Fichez le camp d'ici, dit-il à Smith. Passer les prochaines années en prison n'arrangera pas vos affaires.
— Il n'y a plus rien à arranger, haleta ce dernier.

— Mais Bon Dieu ! Vous n'allez pas fraterniser ! croassa Massari.

Cet homme en slip qui suintait en même temps la peur et l'arrogance parut soudain ridicule à Jonathan, et souverainement antipathique. Il avait souvent croisé à Manhattan ce genre de «*gold plated boys*», comme il les appelait, et leur regard hautain de lama assorti de cette attitude «laissez-moi passer avant que je n'arrive» l'avait toujours horripilé.

— La ferme ! répondit-il.
— Mais je rêve... balbutia le *broker*, les paumes toujours levées.

Jonathan jeta un coup d'œil à l'extérieur en poussant légèrement le battant de la porte. Toujours pas de client et le vendeur qui arrangeait les vêtements près de l'entrée avait rejoint celui qui bavardait avec la caissière, à une vingtaine de mètres. De la musique western baignait le magasin, tout à fait adaptée à la scène qu'il était en train de vivre...

Moins de quatre minutes s'étaient écoulées depuis que tous les trois se regardaient en chiens de faïence dans les vestiaires.

— Fichez le camp d'ici, répéta-t-il à Gordon Smith.

— Et pour aller où ? répondit celui-ci. L'argent que je vous ai remis pour la location du studio était tout ce qui me restait, et cette location expire à la fin du mois. En prison, j'aurai au moins un toit et la satisfaction d'avoir éventré ce salaud.
— Vous êtes malade, dit Massari, de plus en plus pâle. Et vous, enchaîna-t-il en s'adressant au jeune homme, je vous poursuivrai pour non-assistance à personne en danger...
— Jamais entendu parler d'un procès intenté par un mort ! ricana l'épicier.
— Bien que n'ayant jamais sympathisé avec ce client mal fagoté qui promettait d'être un futur criminel, Jonathan se dit que ce n'était finalement qu'un pauvre type acculé au désespoir.
— Appelez votre banquier et demandez-lui de virer 30 000 dollars sur le compte de mon agence, suggéra-t-il au *broker*.
— Pardon ?
— Vous allez débourser le prix du studio loué par nous à monsieur Smith. On l'enregistrera à son nom et sans être quitte, vous aurez payé votre dette.
— Vous êtes fou ? Je n'ai aucune dette à payer à qui que ce soit ! S'il n'était pas de taille à prendre des risques en Bourse, il ne fallait pas le faire ! Je suis un *broker*, pas une assurance tout risque.
— Vous avez raison, dit Jonathan. Je m'en vais.

— Attendez ! J'ai 20 000 dollars sur mon compte, c'est déjà une grosse somme.

— Nous ne prenons pas de sommes aussi minimes que cinq cent mille dollars, dit Smith en singeant de nouveau le *broker*, mais on fera une exception pour vous.

— Le prix du studio ou je m'en vais, répéta Jonathan. Et après tout, débrouillez-vous ! Vos histoires ne me concernent pas.

— Même si j'avais cet argent, il pourrait ne plus me lâcher ! cracha Massari, n'osant toujours pas élever la voix.

— Jonathan fit mine de s'en aller.

— C'est un coup monté et vous êtes deux escrocs ! poursuivit-il.

— Trois, corrigea Smith.

— J'intenterai un procès !

— Pour un élan de sympathie qui vous a fait acheter, par l'intermédiaire d'une agence réputée, un pied-à-terre sans prétention afin de loger un type ruiné dont vous avez été le courtier ? demanda Jonathan. Bonne chance pour le procès ! Et à propos, combien vaut votre résidence ici ?

— Toujours en slip, Wayne Massari sortit son portable de la poche de sa chemise à fleurs, composa le numéro de la Bank of America et donna un ordre de virement.

— Et vous, dit Jonathan à l'épicier totalement dépassé par la situation, rangez votre couteau et déguerpissez. Revenez dans quelques jours à l'agence pour signer votre contrat d'achat et faites en sorte que l'on ne vous revoie plus ensuite. Gordon Smith hésita une seconde puis fit les quatre pas qui le séparaient de la porte battante qu'il poussa avant de filer. Le magasin était toujours vide, hormis un client en train de discuter avec l'un des vendeurs. Treize minutes s'étaient écoulées depuis l'entrée de Wayne Massari chez Joseph Abbott.

— Vous avez intérêt à ce que le code donné à votre banque soit exact, lança Jonathan au *broker* avant de s'en aller. Je ne serai pas toujours là pour vous protéger.

— Il l'est ! répondit Massari qui remettait son short en tremblant.

— Essayez quand même votre *tuxedo* avant de vous rhabiller. Il arrive qu'un costume à 30 000 dollars ne soit pas cher payé.

⁂

« L'argent, *bambino mio*, est un fou qui n'en fait qu'à sa tête.
Il arrive, séduit et se fête ; puis boude, s'en va et endette.
Mais le duvet de tes tempes et une veine de tes paupières
Pèsent plus que l'argent de la terre tout entière...
Et que San Rocco qui garde et San Giorgio qui veille
Parsèment tes nuis d'étoiles et protègent ton sommeil. »
(Berceuse du pays jadis fredonnée par Nonna)

— *Buonasera Americanino mio!* chantonna Nonna à peine le contact établi.

Ces rendez-vous électroniques du 25 avec son petit-fils étaient devenus un rituel, mais ça la perturbait encore de « parler avec ce Skype qui donne l'impression de communiquer avec l'au-delà », comme elle le répétait.

— *Buonasera, Buonasera*... Parle pour toi ! s'exclama Jonathan, moi je sors d'un brunch.

— Essaye de manger moins de bacon frit avec tes œufs.

— Ça reste moins dangereux que de détacher le fil d'un ballon.

— Tu ne peux pas continuer à t'en vouloir comme ça, soupira Clara Lucia.

— *Elle* continue bien son coma.

— Tu as des nouvelles ?

— Pas de nouvelles, mauvaises nouvelles, dans mon cas.

— Et comment ça va à Naples ? demanda Nonna. J'irai peut-être un jour te rendre visite là-bas.

— Oh, ça va bizarrement... répondit Jonathan qui raconta en détail ce qui s'était passé avec Gordon Smith.

Clara Lucia écouta toute l'histoire en la parsemant de « *Madonna!* » et en se signant. La fin la laissa sans voix.

— Tu joues les justiciers, maintenant ? s'exclama-t-elle.

— J'ai été propulsé dans ce salon d'essayage comme on peut s'empêtrer dans un rideau de théâtre, débouler sur la scène et improviser. Je ne sais pas pourquoi je n'ai pas donné immédiatement l'alerte. Je ne sais pas non plus pourquoi j'ai passé plus de dix minutes en compagnie de ces deux énergumènes… C'était surréaliste.
— Pourtant, tu te méfiais de ce monsieur Smith.
— Plus que ça ! C'était de la répulsion. Mais ce *broker* était aussi souverainement antipathique. On avait envie de le laisser à son sort.
— C'est quoi, cette histoire de mains brûlantes ?
— Oublie ça, dit Jonathan, je n'aurais même pas dû t'en parler. C'était peut-être un tour de mon imagination.
— Pourtant, ça t'est aussi arrivé avec notre vieux Pio !
— Nos sens peuvent nous tromper quelquefois et… Dieu sait si je suis perturbé en ce moment.
— Mis à part tes aventures policières, n'as-tu pas rencontré de jolies filles à Naples ?
— Bien sûr que si ! Mais aucune d'entre elles n'a accepté de sortir avec un homme de quarante ans plus jeune.
— Oh, arrête ! dit Nonna en riant. Ne me dis pas qu'on ne croise que de frétillantes retraitées là-bas !
— Viens voir.
— Alors va choisir tes petites amies dans les environs.

— C'est-à-dire dans les Everglades ? On n'en trouve plus. Les crocodiles en sont très friands.

— Et comment va ton nouveau travail ?

— Bien ! C'est le moment d'acheter. Pour celui à qui il reste de l'argent.

— Je suppose que tes retraités sont les plus touchés par les chutes boursières. C'est eux qui ont le plus d'épargne investie.

— Une hécatombe ! Sans parler des fonds de retraite… Si chacun ici voulait jouer les Gordon Smith et venger ses sous perdus, il ne resterait plus un seul financier pour enterrer les autres.

— Ah, l'argent… Cette Liza Minelli avait bien raison de chanter « *Money makes the world go around* »… Encore une Italo-Américaine qui a réussi ! Je me demande comment les États-Unis se seraient débrouillés sans nous.

— Jonathan sourit. Malgré son long séjour en Amérique, sa grand-mère était restée tellement italienne que les soixante pour cent d'eau de son corps devaient avoir été puisés dans l'Adriatique.

— Tu sais, remarqua-t-il en pensant à son père, ils se sont quand même débrouillés pour débarquer sur la Lune tout seuls…

La moins belle pour aller danser

Kimberly Kingslover était belle, l'avait toujours été et comptait bien le rester. Née dans une famille modeste de la banlieue de Boston, elle avait fait des études médiocres puis tous les boulots possibles : serveuse de restaurant, barmaid, hôtesse dans les salles de congrès, réceptionniste d'hôtel… Tout travail qui pouvait lui donner une chance de rencontrer un beau parti était bon à prendre, et le MIT, la très prestigieuse Université de Boston, n'était pour elle qu'une pépinière de futurs maris.

Kimberly était une réplique de poupée Barbie, la garde-robe en moins. Difficile de jouer les stars quand on était payée 9 dollars de l'heure ! Elle possédait une unique robe noire bien coupée – qu'elle avait pu s'offrir en ne déjeunant que d'un grand bol de *chili* pendant deux mois – et qu'elle accommodait à toutes les sorties en changeant d'accessoires.

C'est avec cette robe-là qu'elle séduisit Arthur Crown.

À trente ans, malgré les soirées bien arrosées suivies de journées passées debout à jouer les hôtesses d'accueil, Miss Kingslover était toujours ravissante et les prétendants se bousculaient à la porte de son studio, mais elle ne voulait absolument pas finir comme sa mère, mariée à un petit fonctionnaire de banlieue. La plupart de ses copines avaient déjà épousé leur petit ami (plombier, guitariste, comptable...) et la pressaient de faire son choix : « Ne fais plus la fine bouche, Kim ! Le prince le plus charmant est celui qui est à ta portée... Tu n'as plus vingt ans et les hommes riches épousent des femmes encore plus riches. La beauté que tu as (plus pour longtemps), ils la trouvent chez leurs maîtresses. Un conjoint (même sans complet-veston), une maison (même sans piscine) et des enfants (même inscrits à l'école publique) valent mieux que de chasser le mari encore un an ou deux avant de plonger bredouille dans mille ans de solitude... »

Mais Kimberly voulait la grande vie ou rien et préférait l'éventualité d'une solitude future à l'assurance d'une vie étriquée.

Et elle eut gain de cause.

⁂

C'est donc grâce à son unique robe noire que Miss Kingslover séduisit M. Crown. Elle s'était rendue ce jour-là dans un grand magasin de Boston pour se promener entre les rayons de produits cosmétiques en espérant se voir offrir une séance de maquillage gratuite. C'était un samedi et Arthur Crown en avait profité pour venir acheter la ligne Cartier à laquelle il était fidèle. Cette grande et belle blonde aux traits patriciens, moulée dans une robe noire et qui venait de se faire maquiller par une esthéticienne de chez Revlon attira son attention. Elle était seule et il était libre. Il lui fit un compliment et enchaîna par une invitation à déjeuner. Kimberly observa l'impeccable complet-veston gris anthracite assorti à la cravate en soie jaune paille et accepta tout de suite.

Arthur Crown était un petit patron, mais un patron quand même. Il possédait une entreprise de construction qui employait une vingtaine de personnes.

À soixante ans, il était veuf depuis un an et habitait une maison de taille honorable dans une banlieue chic. Ses trois enfants, deux filles et un garçon, étaient mariés. Il commençait à se sentir seul, mais n'avait jamais aimé papillonner. Son désir était de se remarier avec une femme plutôt jeune, plutôt jolie, pas compliquée et qui l'attendrait à la maison chaque soir. Kimberly était assez jeune, très jolie et si peu compliquée qu'elle lui proposa dès leur troisième rencontre de quitter son studio et de déménager chez lui pour lui tenir chaud…

« *Honey!* Vivre seul n'est pas bon pour le cœur, lui dit-elle en lui caressant la poitrine. Il s'ennuie, s'attriste, s'étiole puis entre en crise… Un homme seul dans une grande maison vide est comme une planète sortie de son orbite : l'espace qui l'entoure ne sert plus à rien. »

Crown trouva l'image tellement pertinente qu'il céda tout de suite. Il emmena Miss Kingslover pour un séjour à Las Vegas, lui fit sa demande en mariage au bas de la Tour Eiffel du Paris Hotel et l'épousa le lendemain. La veille du retour, elle gagna trois mille cinq cents dollars avec une machine à sous, et son mari pensa que cette union commençait sous le signe de la chance.

Kimberly devint Mrs Crown aussi naturellement qu'une pâte qui cuit, gonfle puis se transforme en pain. Elle s'épanouit, prit du poids (à peine de quoi devenir plus appétissante), se mit à la cuisine et retapissa la maison. Le blanc des murs fut remplacé par du jaune melon, du rouge cerise et tous les tons d'abricot. Les rideaux en tergal crème cédèrent la place à des tentures fleuries. Le faux daim marron et beige des fauteuils du salon s'inclina devant du velours émeraude et la chambre à coucher se para de volants roses et de dentelle bleu pervenche.

M. Crown rentrait désormais chez lui d'un cœur léger, embrassait une femme parfumée d'Estée Lauder, dînait dans une cuisine qui embaumait la sauce Maggi et s'enfonçait dans un fauteuil qui sentait bon la vie conjugale.

La beauté de Kimberly opposée à la trentaine d'années qui la séparait de son mari n'engendra aucun des drames croustillants que prévoyait avec beaucoup d'espoir l'entourage d'Arthur Crown. La jeune femme avait beaucoup galéré, appréciait la chance qu'elle avait finalement saisie et n'avait pour toute ambition que de profiter de son nouveau standing. Côté passion, elle en avait déjà vu de toutes les couleurs et ne vibrait plus que pour le jaune-or de sa carte de crédit assorti au bleu roi de sa carte de membre du Sporting Club.

Son mari lui convenait parfaitement et l'amour pouvait aller se rhabiller.

La garde-robe de la nouvelle Mrs Crown s'enrichit d'une bonne centaine de tenues venues snober sa vieille robe noire qu'elle garda quand même en souvenir de ses années à vêtement unique. Avec son mètre quatre-vingt-cinq sapé de Ralph Lauren, sa crinière platine, ses yeux turquoise et son profil parfait, Kimberly avait maintenant l'allure d'une reine de Saba nordique. Le matin, elle se levait bien avant son mari et accaparait la salle de bain dont elle ne sortait que coiffée et maquillée comme pour une remise d'Oscars. À l'heure où, encore échevelées et vêtues d'une robe de chambre mal nouée sur une chemise de nuit gondolante, les autres femmes se débattaient entre les cartables à ranger, les tartines à préparer et les bus à rattraper, Kimberly Crown ressemblait déjà à une page détachée de *Harper's Bazaar*. Elle possédait un capital beauté qu'elle faisait fructifier au bénéfice d'un mari qui lui en donnait les moyens. Bilan largement positif pour les deux parties.

Tout compte fait, les Crown formaient le couple le plus harmonieux de leur quartier huppé. Arthur était éminemment satisfait de son remariage, mais il était bien le seul !

Ses amis l'enviaient d'avoir mis dans son lit conjugal une femme que haïssaient leurs épouses, et ces dernières ne s'étaient jamais aussi bien entendues pour dénigrer l'une des leurs. Pour ceux qu'horripilait vraiment le couple, Kimberly était au choix « la cocotte du minus », « la poupée du dégonflé » ou « la jument d'Arthur »... Restaient les trois enfants de l'heureux mari qui avaient très mal pris l'entrée de cette intruse dans la famille et ne voyaient en elle que la maîtresse cupide qui avait mis le grappin sur un homme riche et crédule. Ils ne visitaient plus leur père qu'à son bureau pour dire le plus de mal possible de cette trop belle belle-mère.

⁂

Kimberly déçut tout le monde et spécialement ses beaux-enfants : elle resta fidèle à son mari, garda sa ligne de sirène et son visage de star et fut aux petits soins lorsqu'au bout d'un long mariage sans histoire, Arthur tomba malade puis mourut à quatre-vingts ans alors qu'elle n'en avait que cinquante.

Ce n'est qu'au lendemain de sa mort que le notaire apprit à Mrs Crown qu'elle allait se retrouver sans le sou et qu'elle ne serait propriétaire que de la maison… Cela faisait déjà un certain temps qu'en raison de la morosité ambiante, les affaires d'Arthur n'allaient plus aussi bien qu'avant, mais il n'en avait jamais parlé à son épouse. Les problèmes du marché l'avaient contraint à liquider une partie de ses investissements et une autre partie, dont ses fonds de retraite, s'était liquidée toute seule… Crown avait aussi très souvent cédé à la pression de ses enfants qui avaient tous des familles à charge et le sollicitaient constamment et les demandes s'étaient accélérées durant les mois d'alitement (c'était autant de pris à la belle-mère).

Catastrophée, Kimberly choisit de garder la maison et de se débrouiller avec le peu de revenus dont elle disposait désormais.

⁂

À cinquante ans, s'étant toujours bien occupée de sa personne, madame Crown restait très belle, mais avait conscience que ceci ne durerait plus longtemps. L'ovale du visage était déjà moins net, les paupières moins lisses, le contour des lèvres moins marqué et, bien sûr, les rides d'expression étaient bien là ! Or, il fallait penser, sans trop tarder, à refaire un beau mariage avec un second Arthur. Après avoir observé une période de deuil raisonnable, Kimberly décida de se serrer la ceinture en vendant sa Lexus afin de s'offrir deux choses : un rendez-vous avec le chirurgien esthétique le plus réputé de la ville et une croisière dans les Caraïbes aux environs du mois de février, pour courir la chance de faire des rencontres intéressantes. Il fallait prendre le taureau par les cornes, les trente prochaines années étant en jeu. Si feu son mari avait été plus prévoyant, elle se serait satisfaite de jouer au bridge, de faire du shopping et de fréquenter assidûment son club. Le jeune et nouveau professeur de tennis était tout à fait à son goût et maintenant qu'elle était libre… Mais hélas ! Sa situation actuelle ne lui donnait pas le choix : un homme riche ou rien.

⁂

Kimberly pénétra dans la meilleure clinique de chirurgie esthétique de Boston un mois après avoir pris rendez-vous. Elle avait impatiemment attendu de se retrouver en face du fameux Dr Mich Helow : coqueluche de la jet-set locale et principal sujet des remarques aigres-douces échangées devant les miroirs des toilettes des grands restaurants.

— Tu as vu entrer Clara et son mari ? Elle paraît dix ans de moins ! On dirait qu'il sort avec sa maîtresse. Décidément, ce Mich Helow est aussi un rabibocheur de couples.

— Je suis pratiquement certaine que Susan est passée sous le bistouri de Helow. Elle ne veut rien dire, mais on n'est pas des imbéciles. Elle ressemble maintenant à sa fille aînée, mais en plus intelligente. Il faut dire qu'elle et John ont oublié d'offrir un QI à leurs enfants.

— Oh ! Regardez-moi cette ridule ! Je déteste ces miroirs. On dirait qu'ils font exprès pour qu'on ne vienne plus dîner chez eux, ma parole ! Mais il faudrait quand même que je pique une dizaine de milliers de dollars à Cornelius pour pouvoir m'offrir quelque chose chez ce très cher Mich.

— Chèère ma-da-me ! hacha le Dr Helow en scrutant sa nouvelle cliente comme s'il la voyait découpée en tranches (les paupières posées non loin des ailes du nez et le contour des lèvres soigneusement rangé au-dessus du menton), vous êtes ra-vi-ssante !

Kimberly se rengorgea. Il était probablement rare de recevoir des compliments de la part d'un spécialiste de ce genre. Il devait lui donner quarante ans à peine et allait sûrement lui déconseiller de faire quoi que ce soit. Ce docteur était assez riche pour avoir les moyens d'être honnête et d'expliquer à une jolie cliente qu'il était trop tôt pour elle de penser au rajeunissement. Mais elle le convaincrait quand même de lui faire un lifting très... léger. Elle y tenait absolument !

— Ra-vi-ssante pour votre âge, mais les jolies femmes aiment rarement visiter la cinquantaine et ses alentours, poursuivit-il avec un grand geste, comme pour indiquer la direction de la cinquantaine. Chez vous, un bon lifting fera des merveilles. On n'aura qu'à lisser les paupières, effacer la ride du front et remodeler le contour du visage. On laissera le reste pour plus tard.

À mesure que Helow parlait, Kimberly se décomposait. Elle n'aurait jamais cru en être déjà là. Mais peut-être qu'on ne pouvait pas être objectif quand il s'agissait de sa propre image... Elle était venue à temps !

— Je... comptais partir en croisière en février, se hasarda-t-elle à dire.
— Heu-reu-se-ment que vous êtes venue me consulter avant ! s'exclama le médecin comme si elle venait d'échapper à un attentat. Une croisière peut attendre, mais jamais un lifting ! Je vous prendrai le mois prochain.
— Mrs Crown paya deux cents dollars sa consultation et s'en retourna chez elle tout à fait rassurée. Et tout à fait inquiète.

⁂

Trente jours plus tard, munie d'une petite valise et d'un chèque de douze mille dollars, Kimberly se fit hospitaliser à la clinique du Dr Mich Helow.

À coups de photos et de minicours de biologie aux mots savants, ce dernier lui avait auparavant bien expliqué ce qui devait être fait. Elle avait dit oui à tout en écoutant d'une oreille distraite, perdue dans ses rêveries de jeunesse éternelle.

Elle allait s'offrir le meilleur coup de bistouri de Boston ! La clinique transpirait le luxe, le personnel suait la compétence et les femmes (et les hommes) de son entourage qui avaient avoué être passées par ici ressemblaient maintenant à leurs photos de mariage (noces numéro un).

Pour Mich Helow, faire un lifting à une jolie quinquagénaire était un jeu d'enfant et le genre d'opération qu'il préférait. Ces femmes-là étaient émotives, reconnaissantes pour chaque attention et s'accrochaient à lui comme à un dernier parent. Ses prix étaient peut-être un peu élevés, mais parfaitement justifiés, car il avait acquis une telle expérience qu'il se considérait à ce stade plus artiste que médecin… Du grand art !

L'art de retaper le corps et le moral.

Il jubilait le plus quand, à l'occasion d'un dîner mondain, il tombait sur une patiente récemment liftée par lui. Radieuse et éclatante de confiance en elle, celle-ci lui jetait alors un regard complice comme s'ils étaient deux enfants qui partageaient un merveilleux secret. Au fond, il aimait les femmes et elles le lui rendaient bien. D'ailleurs, sa femme actuelle, la troisième Mrs Helow du nom, était justement une cliente sur laquelle il avait opéré des merveilles.

Ovale du visage, contour des yeux, ride du front et en prime gonflement des lèvres. Kimberly s'offrit le *package* classique. Et à soixante-deux ans, le fameux Mich Helow qui avait réussi plus de liftings que les Boston Celtics de paniers rata l'opération de madame Crown.

La veuve se retrouva avec des yeux tirés à la chinoise, une alopécie sur les tempes et une bouche à la Donald Duck. Le tout agrémenté d'une légère paralysie faciale. Le docteur invoqua la qualité de la peau et proposa une seconde opération.

Complètement traumatisée, Kimberly décida d'attendre avant de refaire quoi que ce soit. Adieu la croisière et pas question non plus de rester chez elle et de promener ce visage-là parmi ses connaissances (certaines seraient trop heureuses…). Elle fit ses valises pour aller passer quelque temps chez la seule parente qui lui restait et avec laquelle elle s'était toujours bien entendue : une tante maternelle de quatre-vingt-cinq ans qui s'était enterrée avant l'heure à Acushnet, Massachusetts.

⁂

Quitter Boston pour vivre à Acushnet équivalait à abandonner le Marriott pour se reloger dans la salle d'attente d'un dentiste. Quatre mois durant, Kimberly tourna en rond autour du jardin abandonné, de la maison décrépie, de sa tante malade et du miroir écaillé. Elle eut tout le loisir de consulter les cas de liftings ratés sur Internet et ce qu'elle y lut acheva de la faire paniquer.

Au bout de quelques semaines, sa petite paralysie s'était atténuée ; une coiffure adéquate rendait l'alopécie plus discrète ; les yeux étirés pouvaient passer pour eurasiens (s'il y en avait eu des bleus !), mais la bouche était pire que jamais. Ses lèvres étaient exactement comme quand, adolescente, elle faisait mine de s'embrasser devant un miroir en prenant des attitudes de star. Mais une moue provocante figée à vie ne provoquait plus que des cauchemars. Le pire était que cette idée de gonfler les lèvres venait du Dr Helow. C'est vrai que ses lèvres étaient un peu minces, lui donnant un air pincé quand elle était énervée ou anxieuse, mais elles lui donnaient aussi un air patricien… Elle avait accepté de les gonfler en pensant que les injections de silicone estomperaient pour longtemps les minuscules ridules verticales qui commençaient à les strier et lui rappelaient sa maîtresse d'histoire à l'école : une vieille fille aigrie qui venait planter son visage à quelques centimètres du sien à chaque fois qu'elle se trompait de date dans une récitation.

— Lincoln a été élu le si-no-vembre mille-huit-cent-soisssante, miss Timber-ly ! lui sifflait celle-ci de son haleine chargée et de ses lèvres striées.

À Acushnet, Kimberly passait tout à fait inaperçue : une femme au corps bien proportionné, mais au visage un peu… spécial, probablement un abus de chirurgie esthétique. Ça arrivait de plus en plus souvent.

De loin, elle attirait indéniablement l'attention avec sa silhouette élancée, sa démarche chaloupée et sa crinière blonde ; de près, on était déçu. Le lifting de Mrs Crown n'avait rien de commun avec ceux qui défrayaient parfois la chronique et obligeaient leurs malheureuses victimes à vivre cachées avant de replonger dans un cycle de chirurgie réparatrice. Il lui avait juste fait perdre sa beauté en l'envoyant rejoindre les cohortes de femmes mûres et plus ou moins bien conservées qui hantaient les clubs de rencontres. Refaire sa vie telle qu'elle l'entendait était désormais impossible. Elle n'avait plus aucune chance d'ensorceler un riche septuagénaire et même une petite aventure avec quelque jeune professeur de tennis ou autre séduisant trentenaire était devenue un bonus relégué aux oubliettes. N'ayant jamais eu de passion que pour elle-même et pour un style de vie confortable, n'ayant ni centre d'intérêt majeur ni enfants, n'ayant plus d'argent à dépenser, à cinquante et un ans, Kimberly n'avait plus que le choix de rentrer passer les vingt, trente ou quarante prochaines années dans sa grande maison. Seule.

C'est alors qu'elle fut prise par l'irrépressible envie de fracasser le crâne de Mich Helow.

⁂

Lire la presse locale était devenu insupportable à Mrs Crown. Pas une semaine sans qu'y paraissent les photos d'un événement mondain – Boston n'était pas si loin – où elle reconnaissait tel ou tel couple qu'elle fréquentait avec Arthur. Elle se sentait alors comme une malade mise en quarantaine dans sa chambre et qui voyait les autres faire la fête dans le jardin.

Mais le pire était de tomber sur une photo du Dr Helow accompagné de sa femme avec un sous-titre du genre : « À droite, on reconnaît le Dr Mich Helow, coqueluche de ces dames, accompagné de la superbe Mrs Helow : publicité vivante du talent de son mari. »

Et Kimberly, au bord de la nausée mais incapable de tourner la page, regardait le chirurgien souriant et un verre à la main tenir fièrement par la taille une femme au visage parfait, aux yeux en amande et aux lèvres juste assez pulpeuses. Puis, de rage, elle déchiquetait le magazine en s'imaginant écrabouiller la face du médecin.

Un jour, en écoutant son autoradio, elle tomba sur une commentatrice qui énumérait les lieux où quelques célébrités locales passaient leurs vacances : « Quant au docteur Mich Helow, il est tellement sollicité par nos belles Bostoniennes que ses départs en vacances se font presque en catimini. Il nous a avoué que c'est dans sa villa de Naples, en Floride, qu'il aime à se rendre en amoureux avec sa femme, toujours au mois de mars. » Suivait une brève interview de Helow qui fit trembler les mains de Kimberly posées sur le volant.

— On vous appelle le magicien, n'avez-vous jamais été déçu par le résultat d'une de vos interventions ?
— Je suis à chaque fois déçu ! Pour moi, aucune de mes patientes n'est assez belle à sa

sortie de ma clinique. Et je suis souvent plus exigeant en matière de beauté qu'elles ne le sont elles-mêmes.
— Vous nous faites rêver, Docteur...
— Et vous en avez le droit.
— Quel est l'âge moyen de celles qui viennent vous consulter ?
— On n'est jamais trop jeune pour devenir belle, mais la plupart de mes patientes ont entre quarante-cinq et cinquante-cinq ans. Beaucoup viennent de divorcer, certaines sont déjà veuves, et toutes rêvent de refaire leur vie parce que de nos jours, la solitude n'est plus un destin forcé. Le bonheur est devenu un droit à tout âge.
— Mais pensez-vous que cette course effrénée à la beauté physique facilite vraiment l'accès au bonheur ?
— Ne nous faisons pas d'illusions ! Quel homme de trente ans aurait envie d'épouser un laideron, même sortant du berceau ; et quelle femme de cinquante ans pourrait trouver un mari, même septuagénaire, si elle n'en paraît pas trente ? Et comment peut-on parler de bonheur sans amour ?
— Merci, Docteur. Je rappelle que le séduisant Dr Helow est l'un des plasticiens les plus réputés de la côte Est.»

⁂

En arrivant au travail ce 7 mars au matin, Jonathan vit une femme postée à la porte de l'agence et apparemment intéressée par les annonces de location affichées derrière la vitre. Elle était élégante, avec un port royal, mais ses yeux étaient cachés par des lunettes fumées et ses cheveux étaient noués avec un foulard qui lui couvrait les tempes et le front, comme un voile de religieuse.

— Puis-je vous aider ? demanda-t-il poliment, je travaille ici.
— Je viens d'arriver à Naples et me demandais ce qui serait le mieux : passer un mois à l'hôtel ou bien louer un deux-pièces meublé.

La bouche de la femme ressemblait au klaxon dont on équipait les toutes premières voitures et il évita de la fixer. Sûrement de la chirurgie esthétique ! Pour sa part, il aurait préféré un bec-de-lièvre à une bouche pareille.

— Entrez, madame, lui dit-il, je peux peut-être vous aider.

Kimberly suivit le jeune homme à l'intérieur de l'agence. Il l'invita à s'asseoir et lui fit un calcul comparatif entre le coût d'une belle chambre d'hôtel et celui d'un appartement meublé de standing. Elle choisit de louer un studio au quatorzième étage d'un immeuble luxueux en front de mer et se dit amèrement qu'elle pouvait maintenant dépenser tout le budget qu'elle avait réservé pour sa croisière. Elle resterait donc à Naples jusqu'à début avril. Ça lui donnerait le temps de faire ce pour quoi elle était venue et de savourer doucement sa vengeance. Et puis, en louant un appartement, elle éviterait de subir les regards curieux des réceptionnistes d'hôtel et des femmes de chambre.

Après lui avoir fait remplir et signer la paperasse habituelle, Jonathan se leva pour raccompagner sa cliente jusqu'à la porte. En lui faisant le *shake-hand* d'usage, il sentit comme une décharge électrique lui traverser la paume et retira si brusquement sa main que la femme ouvrit la bouche pour dire quelque chose puis lui tourna le dos et sortit.

Le jeune homme resta confus, mais aussi profondément troublé. C'était la seconde fois que ceci lui arrivait, sans compter les mains brûlantes du mendiant de Locorotondo ! Pourquoi ?

⁂

Kimberly avait quitté Acushnet pour Naples en repassant une seule journée chez elle – le temps d'emporter des vêtements légers ainsi que le revolver qu'Arthur lui avait offert. Après être tombée sur cette émission de radio et au bout de quelques jours de réflexion, elle avait décidé de conduire jusqu'en Floride. Elle aimait voyager en voiture et rien ne lui faisait plus de bien que de filer sur les autoroutes, emportée par la voix de Kenny Rogers. Et puis c'est en conduisant qu'elle réfléchissait le mieux.

Elle avait passé quatre jours au volant pour parcourir les quelque deux mille kilomètres qui la séparaient de Naples, mais n'était pas pressée d'arriver puisque le mois de mars n'était qu'à son début. Voir défiler les paysages en écoutant de la musique country, s'arrêter dans des restaurants de routiers pour commander à de vieilles serveuses à la voix éraillée d'énormes plats d'œufs au bacon accompagnés de litres de café, se garer, le soir venu, devant une chambre de motel à l'aspect sympathique et commander une pizza à dévorer au lit… Ces choses toutes simples lui avaient fait du bien. Pas un seul regard curieux n'était venu la perturber malgré son écharpe nouée de sorte à cacher sa perte de cheveux, ses lunettes fumées portées même le soir et sa bouche qu'elle essayait de pincer en rentrant les lèvres. Dans les petites villes, chacun était concentré sur ses soucis et personne ne se préoccupait du physique de l'autre. En fait, elle avait reçu quelques compliments, car même enlaidie, elle avait plus d'allure que la quasi-totalité des gens qu'elle côtoyait : réceptionnistes ridées, ménagères fatiguées, serveuses aux chairs flasques, passantes obèses… C'était le bon peuple de l'Amérique profonde : à des années-lumière des banlieues *in*, des villes glamour, des clubs de golf, des pages du *Cosmopolitan*, de Julia Roberts et même des *talk-shows* d'Oprah Winfrey. Une Amérique plutôt déprimante, mais tellement reposante… Habiter ici, c'était s'offrir une cure de laisser-aller. Fini le *show*.

Le jour précédant son arrivée à Naples, attablée devant une montagne de sandwichs à la dinde dans un *fast food* perdu, Kimberly s'était prise à rêver : pourquoi ne pas vendre sa belle maison, en racheter une autre pour trois fois rien dans n'importe quel coin qui ressemblerait à celui-ci et vivre de l'argent qu'elle tirerait de la différence ? Pourquoi ne pas se faire un groupe de copines qui auraient le look de cette serveuse qui lui souriait à chaque passage en lui reversant du café ?

Des femmes sans chichis avec lesquelles elle jouerait de temps en temps une partie de bowling, prendrait un verre dans un bar en rigolant de blagues un peu lourdes, préparerait des barbecues dans le jardin en invitant les voisins, se saoulerait à la bière comme un homme en se repassant de vieux films…

À plus de cinquante ans et grâce à l'argent d'Arthur, elle avait déjà goûté à tout ; pourquoi ne pas réintégrer de nouveau son milieu d'origine comme on renfile un vieux vêtement confortable ? Et au diable Mich Helow, les snobs de Boston, les visages liftés, déliftés puis reliftés, le Sporting Club et ses pimbêches, les moniteurs de tennis à séduire ou les riches maris à trouver…

… Et que Mich Helow crève tout seul ! Il finirait bien par crever, de toute façon. Après tout, ce n'était qu'un vieux beau qui épousait des femmes de plus en plus jeunes et courait d'un cocktail bien arrosé à l'autre, et un jour, en feuilletant machinalement le journal, elle tomberait sur un entrefilet comme celui-ci : « Le Dr Mich Helow, fameux plasticien de Boston, est décédé d'une crise cardiaque alors qu'il jouait au tennis avec des amis. » Et ce jour-là elle ferait la fête avec ses copines aux seins flapis, aux paupières tombantes et au ventre en accordéon.

Sortie de sa rêverie avec le dernier sandwich avalé, Kimberly avait réglé sa note en laissant à la vieille serveuse un pourboire comme celle-ci n'avait pas dû en toucher depuis l'élection de Richard Nixon, puis s'était dirigée d'un pas léger vers les toilettes. Là, quelqu'un avait oublié à côté des lavabos un vieux numéro de *Vanity Fair* où une Sharon Stone plus belle que jamais crevait la couverture, et Mrs Crown s'était décomposée. L'actrice avait presque le même âge qu'elle et lui ressemblait tellement (à part la coiffure) que quand elle arrivait superbe au bras d'Arthur à l'une des nombreuses soirées bostoniennes auxquelles ils étaient invités, le maître de céans faisait toujours le même jeu de mots facile en lui baisant la main : « *You are a-Stone-nishing!* »

L'ancienne sosie de Sharon Stone avait alors levé son regard de la couverture du magazine jusqu'au miroir du lavabo et avait été prise d'une violente nausée. En être réduite à rêver de devenir une bonne femme à la Ma Dalton, réfugiée dans un bled à déprimer un coyote et partageant les rires gras de serveuses mal fagotées qui n'avaient pour but que de séduire Joe le pompiste ? Le salaud ! Elle continuerait jusqu'à Naples, le trouverait et le tuerait !

⁂

Kimberly prit possession du luxueux studio trouvé par l'agence et s'empressa de chercher l'adresse du Dr Helow. Facile. Lui ne se cachait pas comme elle était obligée de le faire… Son nom était dans le bottin et sa luxueuse demeure attirait toutes les attentions.

Deux jours après son installation, elle alla rôder aux alentours de la villa bordée par l'eau du golfe à l'avant et dont l'arrière donnait sur une impasse discrète et ombragée où plusieurs portails protégeaient d'autres résidences cossues. Elle jeta un coup d'œil à travers celui du Dr Helow, signalé par une grande plaque en métal doré. Devant le porche ovale étaient garées deux Hummer, une jaune et une noire. La façade s'ornait de quelques fenêtres dont celles de la cuisine et de la cage d'escalier, mais les pièces principales devaient toutes s'ouvrir sur le golfe. Elle parcourut deux fois la ruelle sans rencontrer personne. Ici, beaucoup de villas n'étaient habitées qu'une partie de l'année.

Après s'être assurée que les animaux étaient tolérés dans sa résidence, elle irait s'acheter un chien qu'elle promènerait sur le bout de plage qui donnait sur l'impasse des Helow, afin de surveiller les heures de sortie des Hummer sans attirer l'attention. Elle supposait que la noire appartenait au docteur et l'autre à sa femme. Une chance qu'ils aient deux voitures !

Kimberly s'offrit un superbe loulou blanc et commença à faire ses promenades dès le lendemain. Elle sortait vers neuf heures du matin pour longer la plage pendant une quarantaine de minutes, jusqu'à arriver au niveau de la villa du médecin. Là, elle passait une heure à se reposer en sirotant un jus de fruits, les yeux constamment tournés vers la ruelle. De loin, les rares promeneurs ne voyaient qu'une femme à l'élégance discrète, les yeux et la tête protégés du soleil par de grosses lunettes et un foulard, en train de promener son chien. Probablement l'épouse d'un riche retraité qui possédait l'une des résidences de l'endroit.

Trois jours de suite, Kimberly vit une Hummer noire surgir de l'impasse vers dix heures. Le quatrième jour, elle s'arrangea pour aller promener son loulou à l'angle de la villa de Mich Helow, et son cœur battit la chamade lorsqu'elle le vit sortir au volant de sa voiture. Seul. Peut-être qu'il allait chercher des viennoiseries chaque matin… Il était en vacances et en couple, lui !

Elle décida d'agir le lundi suivant (jour de la semaine où le chirurgien l'avait opérée). Son plan était d'attendre non loin du portail jusqu'à ce que le capot de la Hummer noire apparaisse et de s'approcher juste à ce moment-là en faisant semblant d'avoir besoin d'un renseignement. Avec son allure et son chien, elle n'avait certes pas le look d'une tueuse de médecins... Helow pourrait même la prendre pour l'une de ces folles de chirurgie esthétique qui avait eu l'idée de stationner devant chez lui pour demander un rendez-vous. Il ne la reconnaîtrait sûrement pas. Elle ne se reconnaissait pas elle-même ! Au moment où il baisserait sa vitre, elle s'offrirait le plaisir d'ôter ses lunettes et son foulard avant de lui planter une balle dans la tête. Là, il la reconnaîtrait ! Elle voulait qu'il sache pourquoi il allait mourir. Le Smith and Wesson Airweight que lui avait offert Arthur pour la protéger ne pesait que trois cent trente-sept grammes et ne faisait même pas de bosse dans un sac de soirée. Elle ne raterait pas son coup et avec un peu de chance, il n'y aurait aucun témoin. Après cela, elle irait prendre un de ces bateaux qui emmènent les touristes observer les dauphins et jetterait discrètement son arme dans la mer.

Kimberly passa les jours suivants sans angoisse aucune. C'était comme si elle avait planifié de liquider des gens toute sa vie alors que même enfant, elle s'évertuait à sauver les lézards et les grenouilles qu'attrapaient les autres gamins...

Le lundi matin, après avoir passé plus de quarante minutes à promener son chien aux alentours du portail de la villa saumon, elle vit enfin s'ouvrir la grille et apparaître la Hummer noire. La main agrippant la crosse du pistolet posé au fond de son sac, elle s'avança rapidement puis s'arrêta net : ce n'était pas Helow qui conduisait, mais une splendide brune d'une quarantaine d'années, le visage sculpté à l'Angelina Jolie. Celle-ci baissa sa vitre, étonnée de voir foncer vers elle cette femme surgie de nulle part.

— Puis-je vous aider ? lui demanda-t-elle poliment.
— En fait… je voulais savoir s'il y avait des maisons à vendre, par ici.
— Adressez-vous à une agence immobilière, répondit la fausse Angelina d'un ton condescendant, c'est ce que mon mari a fait.
— Et elle redémarra, laissant plantée au milieu de la ruelle une Kimberly aussi humiliée que furieuse.

C'était fichu, maintenant ! Son signalement serait immédiatement donné si le médecin était assassiné ici, cette rencontre étant la première chose que la pouffiasse signalerait à la police… Elle serait alors arrêtée en moins d'une journée, car on ne pouvait pas dire qu'elle passait inaperçue. Son apparence avait tellement choqué ce jeune homme de l'agence qu'elle avait bien vu comment il avait brusquement retiré sa main lorsqu'ils s'étaient salués. Elle n'en avait pas dormi de toute la nuit !

Pendant une fraction de seconde, elle avait eu la tentation de tuer cette idiote qui devait être l'épouse flambant neuve de Mich Helow. Mon Dieu, que cette femme était belle ! Elle en avait eu froid dans le cœur.

⁂

La première personne qu'il vit se pointer à l'agence, ce lundi midi, était l'étrange cliente à laquelle il avait loué un appartement du front de mer, moins de quinze jours plus tôt. Jonathan était encore gêné de la manière dont ils s'étaient quittés.

— Je voudrais résilier mon contrat, s'il vous plaît, lui dit-elle, à peine installé en face de lui.
— Vous avez loué pour un mois, madame, vous devez donc régler la totalité.
— Pas de problème.

La femme était cette fois accompagnée d'un chien et pour atténuer un peu le malaise de la rencontre précédente, il tenta d'engager la conversation :
— Beau chien ! Vous l'avez acheté ici ?

Kimberly ne répondit pas.

— Je suis désolé de vous voir partir aussi vite et désolé aussi de vous avoir froissée la dernière fois. C'est moi qui suis un peu perturbé ces derniers temps, vous n'y êtes pour rien.

Sa cliente continuait à garder le silence en attendant qu'il finisse les formalités et se sentant de plus en plus mal à l'aise, il se surprit à ajouter :
— Si vous ne reprenez pas la route tout de suite, j'aimerais vous inviter à dîner au Chardonnay Nouveau. C'est un restaurant français situé sur la Tamiami Trail, à côté du Best Western.
— Vous n'êtes pas obligé.
— Bien sûr que non ! répliqua-t-il surpris, j'en ai juste envie.

Jonathan se pointa au Chardonnay et choisit une table au fond de la salle. Il ne comprenait pas pourquoi il avait invité cette cliente et ne comprenait pas non plus pourquoi elle avait accepté. Bon ! C'était fait, maintenant. Nonna lui avait appris à céder à ses impulsions, et c'est un conseil qu'il n'avait jamais eu à regretter. Kimberly arriva quelques minutes plus tard, vêtue d'une robe en mousseline rose, les cheveux couverts d'une écharpe assortie et son regard toujours caché par des lunettes de soleil. Ils commandèrent un *ravioli lobster* et du vin.

— Je ne sais pas pourquoi j'ai accepté votre invitation, dit-elle abruptement. On ne se connaît pas et je ne vous en veux même pas. Je sais que je ne suis pas belle comme ça.

Jonathan haussa les sourcils.

— Ça n'a rien à voir !
— Ne me dites pas que mon visage massacré par une chirurgie esthétique ratée ne vous a pas choqué.
— Massacré est un grand mot, corrigea-t-il. Et je suppose que ce qui n'est pas réussi est réparable.
— Pas les lèvres. De toute façon, quand on commence à réparer, c'est fichu. Je donnerais dix ans de ma vie pour ne rien avoir commencé du tout.
— Chacun de nous peut être prêt à donner dix ans de sa vie pour faire marche arrière, et pour des choses plus graves que ce qui vous arrive.
— Vous ne savez pas de quoi vous parlez ! répliqua Kimberly en ôtant ses lunettes.

Ses yeux bleus et bridés contrastaient violemment avec les lèvres hypertrophiées.

— Vous regroupez trois races en une, tenta de dédramatiser Jonathan. Il y a pire.
— Pire que de se brouiller à vie avec le regard des autres, les miroirs, les portes vitrées, les

appareils photo et n'importe quelle surface un peu lisse ?

— Avez-vous porté plainte ?

— Pour traîner en justice quelqu'un de riche, de célèbre et d'influent dont les avocats trouveront mille raisons à ce qui m'est arrivé ? Problèmes d'élasticité de peau, de cicatrisation, de produits défectueux… D'autant plus qu'à ma connaissance, je suis le seul échec de ce médecin : une statistique malheureuse… Ha ! En outre, je serais brandie dans les médias comme une curiosité de cirque dans une ville où j'étais reine des salons. J'imagine déjà les titres dans la presse à scandale : « Mais où est donc passé Kimberly Crown ? » avec de gros plans de mon visage avant et après. Et toutes ces grosses dondons aigries qui se feront une joie de me détruire encore plus avec leurs papotages, satisfaites de ne pas être si moches que ça, après tout. Et toutes celles qui se battaient pour nous avoir à leur table, mon mari et moi, et qui m'a-do-raient, auront enfin quelque chose à médire : « À peine veuve, elle court chez le chirurgien plastique ! Pauvre Arthur… À cinquante ans, elle voulait continuer à en paraître trente : obsédée par son physique depuis toujours et incapable de décrocher pour passer à autre chose. Remarquez que veuve, sans enfants et sans métier, elle n'avait que le choix de sauver ce qui restait de sa jeunesse pour harponner un second mari, comme elle a pêché le premier… Au fond, c'est pathétique. » Faire un procès, c'est tout ça ! reprit Kimberly, les larmes aux yeux. Quant au reste... J'ai lu qu'une actrice italienne, célèbre dans les années soixante-dix et défigurée par un traitement antirides, avait récemment obtenu cent huit mille euros de dommages et intérêts après *seize ans de procès* ! Merci. Et excusez-moi de m'être laissée aller comme ça, ajouta-t-elle en se levant brusquement pour se diriger vers les toilettes, faisant tomber son sac accroché au dossier de la chaise.

Profondément mal à l'aise, Jonathan commanda deux autres verres de vin et se pencha pour ramasser le sac. Celui-ci s'était entrouvert, laissant dépasser une crosse de revolver. Choqué, il se maudit d'avoir invité cette femme à dîner. Elle avait besoin d'un avocat et d'un thérapeute et il n'était ni l'un ni l'autre. Elle avait aussi apparemment besoin de se défouler et il lui en avait donné l'occasion, mais il ne pouvait pas faire comme s'il n'avait pas vu cette arme. Et si elle avait l'intention de se suicider ? Il aurait encore ça sur la conscience !

Kimberly revint quelques minutes plus tard totalement ressaisie, et s'excusa une fois de plus.

— Vous avez fait tomber votre sac et en le ramassant, j'ai entrevu une crosse de revolver, dit Jonathan sans préambule.

Elle pâlit.

— Écoutez, si c'est par prudence, Naples est un endroit sûr, et si c'est pour faire une bêtise…
— Me tuer à cause de ce salaud ? s'écria-t-elle.

S'il avait su qu'elle s'apprêtait à commettre un meurtre ce matin même et qu'elle ne quittait Naples que parce que c'était devenu impossible d'assouvir sa vengeance ici…

Partie remise !

— Que vous a dit ce médecin après avoir vu les résultats de son travail ? s'enquit le jeune homme.
— Que ça ne lui était jamais arrivé, que j'avais fait une allergie à je ne sais quoi, que ma peau cicatrisait mal… et tout un blablabla scientifico-savant supposé excuser son massacre. Il m'a aussi proposé d'attendre pendant quelques mois et de corriger ce qui pouvait l'être. *Ce qui pouvait l'être !* Et quand je lui ai répondu que je ne voulais plus qu'il me touche, il m'a répondu « Tant pis ». *Tant pis !*

— Est-il si célèbre que ça, votre chirurgien ?
— Oui.
— Alors retournez chez vous à visage découvert, choisissez le meilleur cabinet d'avocats de la ville (ils adorent ce genre d'affaires) et montez au créneau. C'est là que votre bonhomme devra se battre ! Vous n'avez rien à perdre. Lui, tout !
— Je ne pourrais pas, balbutia Kimberly.
— Alors tournez la page.
— Impossible ! D'autant plus qu'il est la coqueluche de la région où j'habite. Le voir se pavaner partout avec ses photos dans les revues *people*, rencontrer des femmes qui s'extasient de voir à quel point sa *touche magique* les a rendues plus jeunes et lumineuses *sans qu'on devine pourquoi…*, ça me donnera la nausée tant que je vivrai.
— J'ai quand même du mal à imaginer que vous êtes son seul échec.
— Je ne sais pas. Peut-être qu'il était ivre et déprimé, le jour où il m'a opérée, avec une vue brouillée et un début de Parkinson. Ou peut-être qu'abandonné par une maîtresse qui me ressemblait, il a voulu se venger de toutes les vraies blondes de cinquante ans aux lèvres minces…
— Jonathan sourit malgré lui.
— En somme, un début de carrière de liftueur en série… Écoutez, Mrs Crown, je pense tout simplement que votre brillant chirurgien ne

doit pas être innocent de quelques erreurs de parcours restées cachées. Mais c'est comme pour les viols : les femmes préfèrent souvent se taire dans ces affaires-là, ce que vous faites vous-mêmes ! Voulez-vous que justice soit faite et rentrer chez vous sans continuer à voir votre bonhomme encensé partout ? Intentez un procès ! Et vous verrez que vous serez vite rejointe par une ou plusieurs autres patientes ratées. Je suis publicitaire, Mrs Crown, et je peux vous assurer que la façon la plus sûre de tuer quelqu'un, c'est de détruire son image.

Kimberly l'écouta, songeuse, remit ses lunettes fumées, termina son verre de vin puis, au grand soulagement du jeune homme, changea de sujet.

Ils quittèrent le restaurant à dix-neuf heures trente et elle tendit la main à Jonathan pour le remercier de son invitation. Ce dernier s'était préparé à maîtriser sa réaction au cas où… mais ses doigts ne serrèrent qu'une paume tiède et il se sentit mieux tout en se traitant d'imbécile. Il fallait qu'il s'en sorte, de ses hallucinations tactiles. Il ne manquait plus que ça !

⁂

« La beauté, petit bambino, est une
jeune fée qui fait sa ronde
Et visite chaque fille du pays, la brune comme la blonde,
Mais quand il lui faut partir, elle ne
s'attarde pas une seconde.
Ciao Bella! Tu peux reprendre ma
peau lisse et mes lèvres roses,
L'ange qui dort dans mes bras vaut
mille fois toutes ces choses…
Et que San Giorgio qui garde et San Rocco qui veille
Parsèment tes nuits d'étoiles et protègent ton sommeil. »
(Berceuse du pays jadis fredonnée par Nonna)

— *Pronto!* s'écria Nonna, toujours fidèle à son vocabulaire téléphonique.

— *Buona sera Signorina buona seraaa*, c'est comme ça qu'on dit bonsoir à Napoliii, croassa Jonathan en levant les bras comme un ténor.

— Réserve ta jolie voix pour tes jingles publicitaires et interdis-lui l'accès à mon Dean Martin ! Mais merci quand même pour le *Signorina.*

— Tu restes la plus belle !

— Exactement ce qu'on dit aux grand-mères, mais je passe. Comment ça va là-bas ?

— Rien de nouveau depuis mon dernier e-mail. Côté hôpital, aucune bonne nouvelle non plus et je repense souvent au cas de Sunny Von Bülow : cette héritière new-yorkaise restée vingt-huit ans dans le coma à la suite d'une injection d'insuline ou je ne sais quoi… Vingt-huit ans ! J'en ai la chair de poule.

— N'y pense pas ! Chaque cas est unique et moi je suis optimiste concernant la petite Gemma.
— Toi, tu es *toujours* optimiste. Je parie que si le ciel te tombait sur la tête, tu dirais que ça te fait un joli chapeau.
— Et ça serait le cas ! Le bleu me va très bien. Parle-moi un peu de ton Naples à toi, maintenant.

Nonna adorait écouter les anecdotes concernant les couples qui visitaient les propriétés à vendre. Le jeune homme évoqua aussi le court séjour de Kimberly Crown.

— Pathétique, cette incapacité à accepter son âge et tous les drames qui peuvent en découler, conclut-il.
— Tu ne sais pas de quoi tu parles ! s'exclama Clara Lucia. Un jeune homme de vingt-huit ans ne peut pas comprendre une femme de cinquante. Mais moi je la comprends, ta pauvre cliente. Devenue veuve, elle a voulu mettre tous les atouts de son côté pour refaire sa vie. Normal.
— Toi, tu n'as jamais eu besoin de ça.
— À cinquante ans, je m'occupais de toi qui n'en avais que sept. L'amour d'un enfant équivaut à l'amour d'un dieu, plus rajeunissant qu'un lifting par jour ! En tout cas pour moi… ajouta-t-elle doucement.

— En fait, cette madame Crown est restée à peine deux semaines ici et ne m'a fait ses confidences que le dernier soir, durant un dîner auquel je l'avais spontanément invitée pour me faire pardonner.
— Pardonner de quoi ?

Jonathan regretta sa phrase et tenta d'enchaîner avec autre chose, mais Nonna était aussi curieuse que fine mouche et insista.

— Eh bien... hésita-t-il, j'ai eu la même mésaventure qu'avec ce Gordon Smith. La même sensation d'intense chaleur lorsqu'elle m'a tendu la main. Ça m'a tellement surpris que j'ai trop brusquement retiré la mienne, lui faisant penser que son visage m'avait choqué.

Nonna resta silencieuse, le menton au creux des paumes.

— Rien d'autre à signaler, reprit le jeune homme, mal à l'aise, ça ne s'est plus répété. Bon ! Où en es-tu avec ton dernier livre de cuisine ?

Clara Lucia lui raconta quelques potins « locorotondésiens » d'un ton léger et plaça un exemplaire de son livre devant l'écran, mais il pouvait presque entendre le tic-tac de son cerveau qui compilait des données.

Au nom du fils

Ce dimanche matin, après avoir accompagné George au petit aéroport municipal de Naples, Jonathan fit une halte au McDonald's d'Airport Pulling Road pour manger un croissant à l'omelette. Dans la file d'attente, debout devant lui et bloquant le comptoir avec une grosse valise à leurs pieds, un homme et une femme d'âge mûr avaient les yeux rivés sur le menu géant affiché derrière les caisses, incapables de se décider.

L'employé leur demanda avec impatience de se mettre en retrait et servit Jonathan. Ce dernier emporta son petit déjeuner jusqu'à une table accolée à la baie vitrée en continuant d'observer le couple qui ne commanda finalement que du jus d'orange et vint s'asseoir à la table à côté. Avec leur air perdu et leurs vêtements trop chauds, ces deux-là ne ressemblaient pas à des seniors en vacances. Il les entendit se reprocher l'un à l'autre d'être arrivés à Naples sans aucune réservation.

Sans se soucier de paraître indiscret, il leur lança gentiment :
— Je peux vous indiquer quelques adresses de motels sympathiques, si vous le voulez.

L'homme se tourna vers lui et son visage s'éclaira.

— Ah ! C'est vraiment gentil ! Nous sommes arrivés ici comme ça, sur un coup de tête. Ma femme avait besoin de vacances.

Jonathan leva les sourcils, étonné. Ces deux-là avaient une bonne cinquantaine d'années de retard pour partir n'importe où sur un coup de tête, même au cinéma…

— Combien de jours comptez-vous rester ? demanda-t-il.
— Ils se regardèrent, gênés, comme s'il leur avait posé une question incongrue.
— Euh… on ne sait pas vraiment, répondit la femme. Il nous faudra donc une chambre dont le coût ne dépasserait pas les vingt-cinq ou trente dollars par jour.

À ce prix-là, ici, ils avaient le choix entre les plages et les parvis d'église.

— Vous savez, reprit-elle d'un ton piteux, on a déjà beaucoup dépensé pour l'essence, alors…
— Et vous venez de loin ?
— New Mexico ! s'exclamèrent-ils ensemble.

Seigneur ! Parcourir plus de deux mille quatre cents kilomètres, à cet âge et avec si peu d'argent, pour venir passer des vacances dans le coin, ne pouvait avoir été motivé que par deux choses : la sénilité ou un vieux rêve qu'on veut enfin voir réalisé. Jonathan opta pour le second motif.

— Vous devez avoir une raison qui vous tient drôlement à cœur pour arriver d'aussi loin, reprit-il.

L'homme et la femme se regardèrent sans répondre.

— Il faut toujours aller au bout de ses rêves, ajouta le jeune homme, et je peux vous aider à vous loger si une période minimum d'un mois vous intéresse. Oubliez la chambre de motel à trente dollars la nuit… Par contre, je pense pouvoir vous trouver un *condo* meublé et décent à neuf cents dollars le mois, ce qui reviendrait au même.
— Ils le regardèrent avec tellement de reconnaissance qu'il en fut gêné.
— C'est mon travail, précisa-t-il, je suis agent immobilier.

Comme on était un dimanche, il leur indiqua une adresse où passer la nuit et leur donna rendez-vous pour le lendemain en leur laissant sa carte, puis se leva. Ils quittèrent leurs chaises d'un seul mouvement afin de lui serrer la main, les yeux humides, et Jonathan sentit deux paumes brûlantes lui saisir successivement les doigts. Il pâlit et battit en retraite en enfonçant son poing droit dans sa poche.

Bon Dieu ! Voilà que ça recommençait !

⁂

Le lundi matin à neuf heures pile, les McDonald's, comme les surnommait Jonathan dans sa tête (ils s'appelaient en fait Zelda et Tom Higgins), se présentèrent à l'agence. Il les reçut le plus gentiment possible et leur trouva un deux-pièces sans prétention dans un *condo* situé en dehors de la ville, mais pas trop loin.

Cinq jours plus tard, les Higgins repassèrent à l'agence. Leur logement leur convenait très bien et pour le remercier, Zelda voulait l'inviter à venir goûter un plat *Tex Mex* le soir même. Il tenta de se défiler poliment.

— Vous ne me devez rien, dit-il, je n'ai fait que mon travail.
— C'est déjà beaucoup… et…
— Arrête ! dit Tom à sa femme. Obliger ce garçon à traverser la ville pour venir dîner avec de vieilles personnes aussi ennuyeuses que nous n'est pas ce qu'on appelle vraiment

remercier. Zelda se tut avec un pauvre sourire et Jonathan accepta l'invitation.

Quelques heures plus tard, profondément mal à l'aise mais n'ayant plus le choix, le jeune homme se retrouva devant une pile de *burritos* pimentés au lance-flammes. Les Higgins l'avaient reçu sur leur petit balcon et, oscillant entre compassion et gêne, il s'était promis de ne pas trouver de prétexte pour les quitter trop vite. Il était aussi arrivé avec une boîte de gâteaux qui lui avait évité de saluer ses hôtes en manquant de politesse. Inutile de gâcher la seule heure qu'il passerait avec eux… Pour animer la conversation entre deux gorgées de bière, il leur demanda s'ils avaient des enfants et le regretta tout de suite. Zelda fondit en larmes et son mari la réprimanda gentiment en expliquant qu'ils avaient eu fils unique, tué onze ans plus tôt à l'âge de vingt-sept ans.

— Je suis désolé ! balbutia Jonathan.
— Il était professeur de sciences naturelles au lycée et a été poignardé par l'un de ses élèves : un gosse de quinze ans qui se droguait, rançonnait les jeunes enfants et séchait pratiquement tous les cours. Notre fils Anthony en avait parlé à la mère de son élève, puis en désespoir de cause à la direction de l'école qui avait fini par mettre le gamin à la porte…

Le lendemain, celui-ci a guetté Anthony à l'entrée de l'établissement et l'a poignardé.

— Il a été jugé par un tribunal pour mineurs et condamné à dix ans de prison seulement ! intervint Zelda d'une voix chevrotante. Notre fils, lui, n'a pas ressuscité au bout de dix ans.

— En fait, poursuivit Tom, nous sommes d'autant plus malheureux que depuis, la loi américaine a changé. Les mineurs sont désormais jugés comme des adultes, surtout en cas de meurtre. L'assassin de notre fils aurait maintenant été condamné à la prison à vie, ou même à la peine capitale, mineur ou pas ! D'ailleurs, comment le meurtre d'un innocent peut-il être considéré comme mineur ?

Jonathan gardait les yeux baissés sur son assiette sans rien dire. Quels mots trouver ? Voilà qui expliquait la pitié mêlée de malaise qu'il avait immédiatement ressentie en leur présence… Pauvres gens ! Ils étaient encore plus victimes que leur fils. Les parents de la petite Gemma l'auraient haï aussi s'ils avaient su qu'il était à l'origine du coma de leur fille. C'était encore plus dur d'en vouloir à une personne dont on connaissait le visage et le nom que de maudire le sort. Totalement abattu, il se leva pour prendre congé.

— Aussi tôt ? s'écria Tom. C'est la faute de Zelda ! Elle ne peut pas s'empêcher de parler

d'Anthony dès qu'elle ressent un élan de sympathie pour quelqu'un.
— Quelqu'un qui a l'âge pour toujours de notre fils, dit celle-ci dans un souffle.

Jonathan saisit son blouson et quitta les Higgins en les laissant encore attablés devant des *nachos* mous, du *guacamole* amer et des *burritos* froids.

— Tu vois ! entendit-il le mari reprocher à sa femme, tu l'as fait fuir.

⁂

Lorsqu'après dix ans de détention, Attlee Howe sortit de prison, Tom Higgins tondait sa pelouse et sa femme faisait la vaisselle en l'observant de la fenêtre de la cuisine. C'est en même temps qu'ils virent passer la Plymouth verte de madame Howe avec son fils dedans, et leur vie bascula à nouveau.

Les Howe habitaient dans une rue parallèle à celle des Higgins, et dans cette petite ville du Nouveau-Mexique, personne n'avait oublié le meurtre d'Anthony Higgins par un de ses élèves. Aztec comptait environ sept mille habitants, avait un taux de criminalité inférieur à la moyenne du comté et cet assassinat avait traumatisé tout le monde.

Mrs Howe était caissière dans un supermarché et vivait seule avec son fils depuis son divorce. Lorsque ce dernier avait été arrêté, elle avait spontanément été mise à l'écart de la communauté. Tous l'accusaient d'avoir été trop permissive avec Attlee... Il n'y avait pas une seule fois où elle n'avait pas pris son parti après une bêtise !

Par contre, les Higgins avaient toujours été appréciés par leurs voisins. Tom était un professeur à la retraite et Zelda cousait à domicile. Dès son adolescence, leur fils Anthony avait été le garçon le plus serviable du quartier, n'attendant jamais d'être sollicité pour donner un coup de main à qui en avait besoin. En outre, c'était un élève brillant et le meilleur joueur de baseball de son équipe. Il était devenu professeur dans le même lycée où avait enseigné son papa et, au moment de son assassinat, il venait de se fiancer avec la nièce du père Leary, le curé de sa paroisse.

Une partie de la ville avait assisté aux funérailles et beaucoup avaient en tête le titre d'un livre qui se trouvait par hasard, depuis quelques semaines, en devanture de toutes les librairies : *When bad things happen to good people.*

⁂

Pour les parents d'Anthony Higgins, le plus dur, après la perte de leur fils, avait été de continuer à être les voisins de la mère d'Attlee Howe. Ils évitaient de faire leurs achats dans le supermarché où elle travaillait, mais sa Plymouth verte passait devant la maison et il y avait les rencontres accidentelles dans la rue, chez l'épicier, devant l'église, et même sur le chemin du cimetière... Et ça leur était difficilement supportable. C'était voir en même temps la plaie et le couteau.

Il y avait bien eu quelques personnes pour conseiller à la mère d'Attlee de quitter la ville, mais cette dernière ne voulait pas s'éloigner de la prison où son fils était détenu. Zelda Higgins se disait amèrement qu'un jour, Mrs Howe n'aurait plus besoin de se rendre au pénitencier alors qu'elle-même irait toute sa vie au cimetière.

Quelques années après l'assassinat d'Anthony, un autre crime avait secoué la petite ville d'Aztec : une petite fille de vingt-deux mois avait été tuée sans raison par le petit ami de sa *baby-sitter* (il lui avait marché dessus !). Le garçon de dix-huit ans avait été condamné à trente ans de prison : sentence qui avait paru légère, vu la gratuité de l'acte. Tom et Zelda avaient soutenu les parents du bébé, mais leurs cœurs avaient aussi saigné en pensant aux dix petites années écopées par Attlee. Pour eux, la jeunesse était une circonstance aggravante et non l'inverse.

C'est quand le poison se mêle à la sève des racines que la plante est la plus vénéneuse…

⁂

Les années qui suivirent la mort d'Anthony Higgins furent aussi interminables pour ses parents que pour son assassin, mais la sentence infligée à un criminel est parfois plus légère que celle infligée à la famille de sa victime. Une peine de prison finit par expirer alors que la souffrance est la prison à vie. Et lorsqu'Attlee fut libéré et qu'il passa sous leurs fenêtres pour rentrer chez lui, les parents d'Anthony virent disparaître en un clin d'œil tous les baumes avec lesquels ils soignaient leur blessure. Le garçon n'avait que vingt-six ans et pourrait entreprendre des études, trouver un travail, se marier et devenir père, alors que les petits-enfants de Zelda et Tom resteraient à jamais de petits fantômes jouant autour de la tombe de leur fils.

L'ex-fiancée d'Anthony s'était mariée, bien sûr. Les Higgins ne lui en voulaient pas, mais la rencontrer devant l'église avec un bébé dans les bras leur fendait le cœur.

Deux semaines après sa libération, Attlee quitta la ville avec sa mère qui savait très bien que son fils devait faire une croix sur Aztec et sur tout le Nouveau-Mexique...

Leurs voisins furent heureux d'avertir les Higgins que Mrs Howe avait enfin déménagé pour s'installer à l'autre bout du pays, en Floride, où son ex-mari (le père d'Attlee) avait pu lui dégotter un travail dans une ville du nom de Naples. Cette nouvelle aurait dû soulager les parents d'Anthony, mais ce fut l'inverse ! Jusque-là, à chaque fois qu'ils avaient pensé à l'assassin de leur fils, ils se l'étaient imaginé se rongeant les sangs dans son pénitencier, brutalisé par ses codétenus, harcelé par ses gardiens, et peut-être au bord du suicide. Le visualiser maintenant en train de rattraper le temps perdu sous le soleil de Floride à l'âge qu'avait Anthony quand il l'avait fait dormir pour toujours leur était insupportable.

Ils imaginaient même sa mère en train de plaider pour lui auprès d'un futur employeur : « Je vous assure qu'Attlee est un bon garçon malgré son casier judiciaire. Il n'avait que seize ans et à cet âge-là, on a le sang chaud. Et puis les relations entre ados et profs ne sont jamais faciles... Ce n'était qu'un mouvement de colère qui a mal tourné et il l'a payé si cher !

Pauvre petit. Cette expérience l'a traumatisé à vie et l'a mûri avant l'heure.»

Et peut-être que dans quelques années et avec l'aide d'un avocat, ce même casier judiciaire pourrait redevenir vierge puisque seul le tribunal des mineurs avait été concerné. Ils ne connaissaient pas bien les lois de leur État, mais ça devait être possible. Et ce serait comme si ce monstre avait gentiment fait ses devoirs au lieu d'assassiner son professeur.

Attisée par la peine, l'imagination des Higgins se transforma en délire, méritant au plus haut degré son appellation de «folle du logis». Depuis la libération d'Attlee, absolument *tout* les faisait souffrir. Quand ils allaient déposer des fleurs au cimetière, ils pensaient qu'au même moment, les Howe devaient être à la plage. Lorsqu'ils voyaient des voisins s'occuper de leurs petits-enfants, ils se disaient que Mrs Howe aussi allait devenir grand-mère un jour. Et la veille de Noël, ils se couchèrent le plus tôt possible pour sauter le dîner, malades à l'idée qu'Attlee devait se préparer à déguster sa première dinde à la sauce aux airelles depuis son incarcération. Au bout de six mois passés à ne plus fermer l'œil, Tom et Zelda n'envisagèrent plus qu'une issue à leur calvaire : envoyer l'assassin d'Anthony là où ils ne souffriraient plus de le savoir respirer. En enfer.

⁂

Les Higgins étaient ce qu'on appelait des *good people* : bons citoyens, bons voisins, bons paroissiens. Ils n'avaient jamais omis d'inviter des personnes esseulées à leurs repas de Thanksgiving; Zelda avait régulièrement gagné le concours annuel du *cookie* le plus savoureux; et Tom avait toujours eu la réputation de donner les meilleurs conseils en bricolage, souvent assortis d'un coup de main. Et pourtant, c'est bien eux qui décidèrent d'aller plus loin que Santa Fe pour la première fois de leur vie, prêts à tout pour retrouver un semblant de paix. Peut-être que de partir en Floride pour rencontrer l'assassin produirait le déclic qui les aiderait à pardonner – ce que le Père Leary leur avait toujours recommandé de s'efforcer de faire.

Ou, plus probablement, revoir Attlee Howe (que depuis plus de dix ans ils n'avaient vu de près qu'au tribunal) leur serait insupportable, et alors…

Ils traversèrent le pays dans leur vieille voiture, se reposant dans des motels bon marché, se nourrissant de sandwichs à la dinde et se chamaillant à chaque fois que Tom ne savait plus comment rejoindre une autoroute et accusait Zelda de ne pas savoir lire une carte. Ils ressemblaient jusqu'à la caricature à un couple de retraités en vacances – exactement ce qu'ils n'étaient pas.

⁂

Jonathan quitta l'appartement des Higgins totalement abattu, s'en voulant de ne pas avoir su refuser leur invitation. Il n'avait vraiment pas besoin d'un bain de déprime et n'était pas en mesure de relever le moral de qui que ce soit, surtout d'un couple aussi éprouvé que celui-ci…

Pauvres gens ! Mais en y repensant, il trouva quand même bizarre qu'avec cet état d'esprit et ce manque de moyens, des retraités aient traversé le pays pour visiter un endroit où ils ne connaissaient personne. Et pourquoi cibler Naples qui était petite, discrète et située tout au bas de l'État, plutôt que Miami ou Orlando, des villes bien plus connues ? En outre et à cette époque-ci de l'année, la plupart des touristes venaient pour trouver un peu de chaleur ; or, les Higgins arrivaient tout droit du Nouveau-Mexique où il faisait un temps magnifique.

— Et puis zut ! se réprimanda-t-il, qu'est-ce que tout ça peut bien me faire ? S'il fallait disséquer les motivations de chaque personne qui bouge dans ce pays, on internerait le quart des touristes nationaux… Adolescents qui fuguent pour aller pleurer sur la tombe d'un chanteur mort depuis trente ans à l'autre bout du continent. Braves ménagères qui sortent les poubelles et trouvent soudain moins angoissant de prendre un ticket de bus jusqu'à « *no return* ville » plutôt que de franchir à nouveau le pas de leur porte. Hommes qui commencent à préférer leur bureau à leur maison, puis l'appartement de leur secrétaire à leur bureau, et enfin, un beau matin, un cabanon de Copacabana à tout le reste. Vieux qui fuient leurs enfants qui les voient vieux pour rejoindre les machines à sous de Las Vegas qui les voient jeunes, et qu'on retrouve quelques semaines plus tard sur le Strip, ruinés et tout aussi vieux… Une ruche de psychiatres ne suffirait pas à trouver des motivations logiques à la plupart des actes de chacun. Et moi-même, aux yeux de quelqu'un qui a suivi mon itinéraire chaotique de ces derniers mois, j'ai l'air de quoi ? Et qu'est-ce que je fiche dans cette ville, Bon Dieu ?

⁂

Au bout de quelques jours passés à se remettre de la fatigue du voyage, les Higgins consultèrent un annuaire. Comme ils savaient qu'Attlee était venu rejoindre son père, ils espéraient trouver l'adresse d'un Howe et ils en notèrent six, dont celle d'un certain Joseph Attlee Howe résidant au 663 Gulf Shore Boulevard. C'était probablement le bon, ce Joseph ayant dû donner à son fils l'un de ses prénoms. L'arbre généalogique de cette famille avec ses racines pourries et ses fruits vénéneux méritait vraiment d'être abattu…

Avant d'y venir, les Higgins n'avaient pas imaginé Naples aussi chic, et ceci avait décuplé leur amertume. Ils se rendaient compte que l'ex-mari de Mrs Howe pouvait être un homme encore plus aisé qu'ils ne l'avaient d'abord supposé, habitant l'un de ces *condos* élégants dont regorgeait la ville et disposant de tous les moyens nécessaires pour offrir à son fils une deuxième chance.

Alors que personne n'avait donné une deuxième chance à Anthony !

Le 663 Gulf Shore Boulevard où ils se rendirent confirma leurs pires soupçons : c'était une superbe propriété mitoyenne d'un parcours de golf. Tom et Zelda décidèrent de venir garer leur voiture tous les après-midi le long de la propriété. De là et avec un peu de chance, ils finiraient par voir Attlee entrer ou sortir. Et alors, ils aviseraient.

Une semaine plus tard, après avoir totalisé environ vingt heures de stationnement sur le boulevard, les Higgins n'avaient toujours vu qu'un homme et une femme d'une soixantaine d'années quitter la villa à pied pour prendre le chemin de la plage. Sûrement Joseph Howe et sa seconde épouse... Sinon ils voyaient le gardien ouvrir le portail pour laisser passer une Mercedes grise conduite par Howe seul. Ils avaient été vraiment naïfs de penser qu'ils pouvaient arriver d'aussi loin et tomber sur Attlee comme s'il tenait un restaurant à son nom dont les panneaux indicateurs parsemaient la route. Puis Zelda eut une idée. Pourquoi ne pas trouver un prétexte pour nouer une petite conversation avec le gardien ? Ils se feraient passer pour un vieux couple esseulé (ce qu'ils étaient) qui cherchait le chemin du Delnor-Wiggins Park : une plage où, pour trois dollars, par voiture, on pouvait passer la journée en bénéficiant de tables de pique-nique, de barbecues et de douches. Ils avaient lu ça sur des publicités collées sur les vitres d'une laverie. Et une fois la conversation engagée, de fil en aiguille, cet homme parlerait peut-être de ses employeurs. Bavarder avec un gardien qui s'ennuie dans sa loge risquait d'être la meilleure source de renseignements. Le lendemain, à peine avaient-ils vu le couple Howe quitter la villa que les

Higgins trottinèrent jusqu'à la porte en fer forgé de la résidence.

— Bonjour ! lancèrent-ils au gardien qui s'éloignait vers le jardin.
— Hello ! répondit celui-ci en revenant sur ses pas. Puis-je vous aider ?
— Nous cherchons le Delnor-Wiggins Park, dit Tom.
— Vous confondez. Le parc est sur Gulf Shore Drive et non pas sur Gulf Shore Boulevard. C'est plus haut qu'ici, après Pelican Bay et Vanderbilt Beach.
— Ah ! dit Zelda, ça nous apprendra à jouer les touristes à notre âge. On passe autant de temps à chercher un endroit qu'à en profiter quand on le trouve.
— Vous avez pourtant l'âge de faire du tourisme, répondit le gardien en souriant. Plus jeune, on ne peut pas. Plus vieux, on ne peut plus. Et puis c'est bon pour le moral, de s'éloigner de chez soi.
— Je suppose que quand on habite une maison pareille dans un endroit comme celui-ci, c'est en restant chez soi qu'on garde le moral ! s'exclama Tom en jetant un coup d'œil admiratif à la propriété.
— Oh, ne croyez pas ça ! Chacun a des soucis à sa taille et à celle de sa maison. Je loge ici depuis une bonne vingtaine d'années, précisa le gardien en indiquant de la main

une minuscule maison adossée aux grilles de la villa, et je n'ai pas vu mes patrons heureux deux ans de suite. Les pauvres, on dirait qu'ils sont abonnés aux ennuis.

Les Higgins se jetèrent un coup d'œil entendu.

— Des ennuis avec leurs enfants ? demanda Tom, l'air de rien.
— Non, mais des problèmes de santé qui n'en finissent plus. Les soucis de progéniture leur ont été épargnés parce qu'ils n'en ont pas. C'est vraiment la seule chose que je leur envie.
— Même pas d'enfants d'un précédent mariage ? demanda Zelda.
— Non. Ils ont toujours été mariés ensemble.
— Nous allons essayer de trouver le Delnor-Wiggins Park avant qu'il ne soit trop tard, enchaîna-t-elle, déçue. Merci pour votre serviabilité et ce brin de conversation.
— Ça m'a fait plaisir, répondit le gardien. Je tourne tellement en rond ici que je finis par parler tout seul et je me dis alors : « Mon pauvre Joseph, la solitude, ce n'est pas bon pour la tête et il est temps que tu te trouves une deuxième femme. » Mais si vous aviez connu la première ! Un caractère à vous laisser le morceau de gâteau de mariage en travers de la gorge... Et puis l'unique rejeton qu'elle m'a donné, je ne le souhaiterais pas à un couple en âge de stérilité avancée. Je vous le disais,

la seule chose que j'envie à mes patrons, c'est qu'ils n'ont pas fait de gosse.

Les Higgins se figèrent sur le trottoir.

— Et qu'a fait votre fils de si terrible ? demanda Zelda.
— Une saloperie à l'âge de seize ans. Quelle bonne idée j'ai eue de plier bagage lorsqu'il en avait six ! Mais sa mère a eu le culot de m'appeler cette année de l'autre bout du pays pour me dire : « Joseph, fais au moins une chose dans ta vie pour ton fils et trouve-lui du travail. » Elle est folle ! Comme si je pouvais risquer de recommander un garçon diplômé en délinquance… C'est à elle que j'ai trouvé un poste de caissière ici, chez Trader Jack's. Et à partir de là, je ne veux plus rien savoir de ces deux-là !

⁂

Lorsque la mère d'Attlee Howe avait demandé de l'aide à son ex-mari, ça avait été en désespoir de cause. Son fils n'avait plus que quelques mois à passer en prison et elle n'avait toujours pas trouvé où aller. Rester à Aztec était hors de question et personne n'avait accepté de lever le petit doigt pour l'aider. Joseph, lui, avait été agressif et désagréable lorsqu'elle avait pris son courage à deux mains pour le solliciter, mais au moins, il avait fait quelque chose. Cette place de caissière chez Trader Jack's n'était pas le Pérou et Attlee n'avait rien à faire de ses journées, mais elle arrivait quand même à payer la location de la petite maison qu'elle avait trouvée à la lisière de la ville. Et puis elle avait un peu d'économies.

Naples était si différent et si loin d'Aztec que ça lui avait quand même remonté le moral. Ici, la chance de rencontrer un retraité aisé était plus grande qu'ailleurs. Elle n'avait que cinquante ans et en avait assez bavé. Se reposer enfin sur quelqu'un de solide, même septuagénaire, était désormais la seule chose que Mrs Howe convoitait.

Bon, il y avait Attlee… mais après un temps de réadaptation, il finirait bien par se débrouiller tout seul ! Elle l'avait soutenu en prison puis l'avait amené jusqu'ici. Il n'y avait pas à dire, elle était une bonne mère. Le petit n'avait jamais eu de chance avec un père absent, si peu d'argent de poche qu'il en était arrivé à racketter les enfants de son école, et un professeur qui le détestait au point de le faire chasser du lycée… Pauvre garçon ! Cela ne justifiait pas son acte, bien sûr, mais qui sait ce qui peut passer par la tête d'un gosse malheureux ?

⁂

Depuis qu'ils savaient que l'assassin de leur fils vivait en Floride, les Higgins l'avaient imaginé pris en charge par son père et se dorant au soleil. Mais apprendre que ce dernier n'était qu'un simple gardien ne changea rien pour Zelda qui se jeta sur les pages jaunes pour trouver un Trader Jack's, juste après avoir parlé avec Joseph Howe. Il y en avait bien un, situé sur Airport Pulling Road, à côté du McDonald's où ils s'étaient arrêtés en arrivant.

Le lendemain, après s'être renseignés sur les heures de fermeture de l'endroit, les vieux époux prirent leur véhicule pour aller stationner non loin de ce qui n'était qu'un minimarché poussiéreux. À dix-neuf heures pile, Mrs Howe quitta le magasin avec les bras chargés de sacs et monta dans la voiture d'une autre employée habillée à l'identique. Tom roula derrière les deux femmes pendant une dizaine de minutes jusqu'à l'intersection avec Tamiami Trail, aux frontières de la ville. Lorsque ces dernières s'engagèrent dans une impasse, il stoppa au coin de la rue, le cœur battant. Les Higgins virent alors Mrs Howe s'extirper péniblement de la voiture en traînant ses sacs, puis traverser un jardinet pelé jusqu'au perron d'une petite maison recouverte de lames de bois à la peinture écaillée. Elle cria quelque chose, et un jeune homme à la tenue débraillée surgit aussitôt pour l'aider. Ça ne pouvait être qu'Attlee !

Ils firent demi-tour et rentrèrent chez eux en silence.

« Rentrons à la maison » furent les premiers mots que prononça Tom en arrivant à la maison. Sa femme se tourna vers lui, choquée.

— Comment ? s'exclama-t-elle.
— Écoute, Zelda, depuis que ce garçon est sorti de prison, nous nageons en plein délire. Le voir tout à l'heure m'a fait l'effet d'un électrochoc qui m'a replongé dans la réalité. Je suis un professeur à la retraite. Tu es la vice-responsable d'une œuvre caritative à Aztec. Nous avons toujours pu rester dignes après le départ d'Anthony. Que sommes-nous venus faire ici ?
— Faire justice.
— Justice est faite.
— Quoi ? cria Zelda. Tu penses qu'une promenade de quelques années dans une prison pour mineurs est le juste prix à payer pour nous avoir condamnés à vie aux promenades dans un cimetière ?
— De toute façon, répondit Tom avec une grande lassitude, il n'y a jamais de juste prix pour compenser une perte pareille…

— Ça veut dire qu'on va laisser ce salaud mener une existence normale ?
— Qu'as-tu vu de normal cet après-midi ? Deux épaves au seuil de la case de l'oncle Tom ?
— Parce que tu as pitié d'eux, maintenant ?
— Bien sûr que non ! Ni pitié ni haine, mais une immense fatigue. Je voudrais juste qu'on s'en aille d'ici. Laissons le Seigneur juger les siens.
— Trop facile.
— On est chrétiens !
— On est parents !
— Notre fils appartient à une autre dimension maintenant et nous l'y rejoindrons un jour. Prions, tournons la page, laissons ce garçon à son sort et rentrons chez nous, supplia Tom.
— Je ne peux pas ! répondit Zelda dans un souffle.

⁂

Par un accord tacite, les Higgins ne reparlèrent plus d'Attlee Howe durant les jours suivants. Tom espérait que sa femme allait finir par demander à rentrer, et Zelda réfléchissait au moyen de se venger de l'assassin d'Anthony, ne fût-ce que pour éteindre un peu du feu qui brûlait en elle. Le matin du 22 avril, soit dix-neuf jours après leur arrivée à Naples et neuf jours après avoir trouvé la bicoque des Howe, elle annonça à son mari qu'elle était enfin prête à reprendre le chemin d'Aztec. Soulagé, celui-ci s'empressa d'appeler l'agence immobilière pour avertir qu'ils libéreraient l'appartement dès le lendemain.

— Finalement, se dit-il, un vieux couple de petits citadins respectables qui se transforme en une paire de justiciers redoutables, ça tient plus d'un western que de la réalité. Notre décision de venir ici a été dictée par la souffrance et les idées brouillées. À quoi s'attendait-on ? À trouver Attlee Howe posté aux portes de la ville, à l'abattre d'un coup de revolver, à souffler dans le canon encore fumant et à s'en retourner chez nous poursuivis par les applaudissements du bon peuple de Naples ? Mon Dieu, quelle naïveté ! Mais je dois pourtant reconnaître que j'ai vraiment rêvé de voir l'assassin de mon fils disparaître de la surface du globe, et peut-être que si j'avais trouvé ici un être arrogant qui menait la belle vie au lieu de cette loque humaine entrevue de ma voiture, j'aurais fait n'importe quoi pour le punir. Peut-être... Mais que nous a donc répété le père Leary pendant toutes ces années ? « N'ayez pas peur des assassins du corps ; ils ne peuvent assassiner la vie. » Ce verset de saint Matthieu nous a soutenus pendant si longtemps... jusqu'au jour où nous avons entrevu Attlee Howe passer en voiture sous nos fenêtres. Libre ! Mais Dieu merci, j'ai retrouvé mes esprits. Zelda aussi.

Le 23 avril à dix heures, les Higgins étaient prêts à rentrer chez eux. Une fois la voiture chargée, Zelda demanda à son mari de faire un petit tour de l'appartement pour s'assurer que rien n'avait été oublié puis de se promener jusqu'à la station essence du coin afin d'acheter des bonbons. Elle-même voulait faire un saut chez Marshall's, un grand magasin où elle avait vu quelque chose qui plairait à Suzy, la voisine à laquelle ils avaient confié leur chat et leurs plantes.

Tom se dit qu'il en profiterait pour boire un petit café avec le pompiste d'à côté et lui demander quelques conseils pour la route.

— Je serai de retour vers onze heures, cria Zelda avant de s'éclipser.

À midi, elle n'était toujours pas là, et le vieil homme commença à s'inquiéter.

— Une bonne femme qui entre chez Marshall's, c'est une alcoolique qui tombe sur une caisse de whisky cachée dans le sous-sol de la clinique où elle subit une cure de désintoxication… Elle ne refait plus jamais surface, le rassura le pompiste en s'esclaffant.

Mais Tom savait que ce n'était certainement pas le genre de sa femme. À douze heures trente, il appela la seule personne qu'il connaissait à Naples. Dieu merci, Jonathan était à l'agence et répondit tout de suite.

⁂

Zelda avait accepté de quitter la ville pour une excellente raison : elle allait se charger seule de ce que son mari ne voulait plus faire. Il avait changé d'avis en voyant l'état des Howe ? Grand bien lui fasse ! Pour sa part, elle avait trouvé cet état fort enviable par rapport au leur.

Madame Howe avait peut-être perdu sa réputation, son travail, sa maison à Aztec, et peut-être sa sécurité financière, et peut-être aussi sa santé… Qu'importe ? Elle avait gardé son fils et pouvait se battre pour lui alors que Zelda ne se battait plus que pour garder la tête hors de l'eau. On était le 23 avril, la date anniversaire d'Anthony. Ce jour-là, elle allait toujours au cimetière avec un bouquet orange d'oiseaux du paradis. Eh bien, aujourd'hui, c'est sans fleurs ni couronne qu'elle allait tenter d'expédier Attlee Howe loin de la justice des hommes. Son idée était simple : trouver un prétexte pour faire poiroter Tom juste avant leur départ et conduire jusqu'à la maison des Howe. Avec un peu de chance, Attlee serait seul puisque sa mère travaillait. Elle se garerait à une vingtaine de mètres de l'entrée, ouvrirait le capot de la voiture et irait sonner à la porte pour lui demander de l'aide en prétextant une surchauffe de son moteur. Ça lui coûterait énormément de se retrouver en face de lui, mais elle espérait tenir le coup. Il ne se douterait sûrement pas de son identité. Au tribunal, il ne l'avait même pas regardée... Et puis elle était vieille, maintenant, si vieille ! Elle se remettrait au volant tandis qu'il verserait de l'eau dans le radiateur et à peine l'opération terminée, elle le laisserait s'éloigner de quelques pas avant de foncer sur lui. Juste une fois. Puis elle ferait marche arrière et reprendrait son chemin sans se retourner. Elle irait prendre Tom et en quelques heures, ils seraient hors du comté, puis de l'État, et ne retourneraient jamais en Floride. Elle pourrait alors effacer jusqu'au nom de Naples de sa mémoire, et connaître le sort d'Attlee Howe ne l'intéresserait plus.

Tout se déroula comme prévu. Zelda gara sa voiture face à un muret en retrait de la route, à côté de la maison des Howe, et n'eut même pas à quitter son véhicule pour sonner à leur porte. Attlee surgit de la cour arrière, lui demanda quel était son problème, attrapa un arrosoir en plastique qui traînait par terre et alla le remplir d'eau. Le cœur battant la chamade, Zelda attendit au volant en gardant le moteur en marche.

Le jeune homme revint avec son arrosoir et se glissa entre le muret et le capot quelques secondes avant de s'approcher pour demander à Zelda d'éteindre le contact, car ça ne semblait pas être un problème de surchauffe. Comme il s'y entendait en moteurs de voitures et si elle avait le temps, il était prêt à jeter un petit coup d'œil. Elle n'osa pas refuser. Mais où diable avait-il acquis des notions de mécanique ? En prison ? Puis elle aperçut la vieille Panhard verte de Mrs Howe garée derrière la maison. Ça devait être ça. Il avait dû passer son temps à bricoler le tacot de sa mère.

Dix minutes plus tard, le capot de sa voiture était toujours ouvert et Zelda se sentait paralysée. Il était presque midi et Tom devait tourner en rond depuis une heure déjà. Elle rassembla ce qu'elle avait de courage en remettant le contact et appuya sur la pédale. La Buick fit un bond en avant et elle entendit un hurlement. Attlee avait été pris en sandwich entre le muret et la calandre. Elle voulut reculer, mais n'y parvint pas. Un petit fossé courait le long du mur et les deux pneus avant de la voiture s'y étaient encastrés. Et le jeune homme continuait de hurler.

⁂

Jonathan s'apprêtait à sortir de l'agence lorsque le téléphone de son bureau sonna. Il hésita avant de répondre, car il devait rencontrer un client à Pelican Bay et avait déjà du retard.

— Dieu merci, vous êtes là ! s'exclama Tom Higgins d'une voix fébrile, pouvez-vous venir immédiatement ? J'ai perdu Zelda.
— J'ai un rendez-vous ! s'exclama le jeune homme.

Que croyait ce pauvre Higgins ? Qu'il appelait le bureau des femmes perdues ?

— Je vous en prie, supplia Tom. Elle a pris la voiture, aurait dû revenir depuis longtemps, et j'ai peur…
— Peur de quoi ? Ici, les gens conduisent comme s'ils roulaient sur des œufs.
— Peur qu'elle fasse une bêtise.
— À son âge, que voulez-vous qu'elle fasse comme bêtise ?
— C'est à notre âge qu'on n'a plus rien à perdre… Je vous en prie, je sais de quoi je parle et je ne connais personne d'autre que vous dans cette ville.

Quelque chose dans la voix du vieil homme mit Jonathan en alerte. S'il disait vrai et que sa femme risquait vraiment quelque chose, il aurait encore un remords à traîner... Saleté de conscience ! Il promit à Higgins d'arriver au plus vite, furieux contre lui-même.

Tom l'attendait devant la station essence qui jouxtait l'appartement qu'il devait libérer le jour même. Il s'engouffra dans la voiture en balbutiant un merci et demanda à Jonathan de foncer jusqu'à Airport Pulling Road.

— Mais il n'y a qu'un McDonald's, là-bas ! s'étonna le jeune homme. Pourquoi voulez-vous que votre femme y soit ? Allons plutôt vers le centre-ville.
— Non. Elle m'avait dit qu'elle faisait un petit saut chez Marshall's, mais on est le 23 avril.
— Et alors ?

Décidément, le chagrin avait détraqué ces gens-là !

— C'est l'anniversaire de la naissance d'Anthony, poursuivit Tom d'une voix chevrotante.
— Et votre femme est allée se recueillir au McDonald's ?
— Son assassin a déménagé ici après sa libération, dit Tom dans un souffle. .

Jonathan commença à comprendre. Bon Dieu ! C'est pour cela que ce vieux couple presque démuni avait traversé une partie du pays pour venir soi-disant passer des vacances ? Mais qu'est-ce qu'ils espéraient ? Rencontrer le délinquant autour d'une tasse de thé pour qu'il leur présente des excuses ? Se faire justice alors qu'ils totalisaient à eux deux plus de cent cinquante ans d'âge ?

— Je me suis vite rendu compte qu'en venant ici, on se faisait encore plus mal, poursuivit Tom. Et puis j'ai vu les conditions de vie de ce garçon et ça m'a… un peu consolé de sa libération. Je ne voulais plus attendre pour rentrer chez nous et je pensais avoir convaincu Zelda. Vous devez penser que nous sommes deux vieux timbrés, mais croyez-moi, fils, le choc de la perte d'un enfant peut faire vaciller une montagne.

Jonathan serra le volant jusqu'à s'en blanchir les jointures et ne répondit pas. Ils arrivèrent à la maison des Howe en un temps record et lorsque Tom vit sa vieille Buick garée devant un muret, il s'attendit au pire. Ils quittèrent leur véhicule précipitamment et c'est alors qu'ils entendirent un hurlement.

Zelda était recroquevillée sur le siège avant, les mains sur les oreilles et aussi blanche qu'un linge. Les cris venaient de derrière le capot ouvert où un jeune homme avait les deux cuisses écrasées entre le mur et la calandre de la voiture légèrement inclinée. Les roues avant s'étaient incrustées dans un petit fossé dans lequel sauta Jonathan pour tenter de soulever le véhicule tandis que Tom prenait la place de Zelda et faisait rugir le moteur. À la septième poussée, la Buick fit un bond en arrière et Attlee s'affaissa, évanoui.

En sueur et le cœur battant, Jonathan intima à un Higgins au bord de la syncope :

— Rentrez chez vous ! Conduisez sans vous arrêter jusqu'à sortir de cet État et rentrez chez vous ! Vous n'avez plus rien à faire ici.

Tremblant comme une feuille, le vieil homme le fixa longuement et fit marche arrière jusqu'à la route. Jonathan appela le 911 pour signaler un blessé grave devant le numéro 9 de Suburb Street. Le jeune homme était toujours évanoui et il n'osa pas le toucher. Les jambes étaient en mauvais état, mais aucun organe vital ne semblait atteint et celui-ci pourrait s'en tirer si l'hémorragie était stoppée tout de suite.

Heureusement, l'hôpital était tout près.

Lorsqu'il entendit au loin mugir les sirènes, il regagna sa voiture et quitta les lieux. Lui non plus n'avait plus rien à faire ici.

⁂

« Si quelquefois ma main tremble en touchant ton berceau,
C'est parce que je sais bien qu'un
jour, devenu grand et beau,
Tu quitteras mes caresses, la lampe
rose et les baisers du soir.
Ce jour-là je m'en irai ranger, dans le gre-
nier de ma mémoire,
Le berceau d'osier blond, les draps
bleus et les belles histoires.
Et que San Giorgio qui garde et San Rocco qui veille
Parsèment tes nuits d'étoiles et protègent ton sommeil. »
(Berceuse du pays, jadis fredonnée par Nonna)

Encore sous le choc des événements de l'avant-veille, Jonathan aurait préféré retarder son rendez-vous sur Skype avec Nonna. Il savait que l'intonation de sa voix et l'expression de son visage allaient l'inquiéter et qu'elle le cuisinerait comme d'habitude…

Or, il avait besoin de réfléchir seul aux derniers événements de sa vie. Avec un soupir, il s'installa quand même devant son ordinateur.

— *Pronto !* Tu es en retard de vingt minutes, le sermonna gentiment Nonna en secouant son index.
— Un rendez-vous tardif avec un client. Je viens d'arriver chez moi.
— Ta voix dément tes paroles, *caro mio*. De quoi n'as-tu donc pas envie de parler ?

Bon. C'était fichu !

— Je commence à être fatigué de vivre ici, c'est tout.
— De mauvaises nouvelles de Carmel ?
— À part que la petite Gemma est toujours plongée dans le coma, non.
— Ceci est une bonne nouvelle.
— Si mes bonnes nouvelles commencent à ressembler à ça, je suis vraiment mal barré.
— Tant qu'il y a de la vie, il y a de l'espoir, reprit Nonna. Et maintenant, dis-moi ce qui ne va pas.

Difficile de lui faire lâcher prise. Elle ferait parler un misanthrope aphone.

— Encore des clients à problèmes ? C'est quoi, cette ville ? Un nid de coucous ? insista-t-elle.

Le jeune homme se résigna à raconter d'un trait l'histoire des Higgins. Clara Lucia l'écoutait, stupéfaite.

— Et encore des poignées de mains brûlantes ! À propos, as-tu revu cette femme qui avait été défigurée par son plasticien ?
— Bien sûr que non. Les clients ne me reviennent pas comme des boomerangs. Qu'est-ce qui te fait penser à elle maintenant ?

— En comptant cette femme, tu as déjà rencontré quatre personnes qui t'ont fait ressentir cette sensation de brûlure. Or, trois de ces quatre avaient des projets de vengeance.
— C'est quoi, ça ? Un plat cuisiné par Miss Marple et nappé de sauce ésotérique ?
— J'ai donc pensé, poursuivit Nonna sans relever, que ce devait être aussi le cas de cette Mrs Crown.
— Sauf que celle-ci n'a rien tenté du tout.
— Qu'en sais-tu ? Tu m'as toi-même expliqué qu'elle avait soudainement rompu son contrat de location et quitté la ville.
— Et alors ?
— « Tout est lié et il t'en coûtera sept », t'a dit notre vieux Pio ; or, en supposant que cette femme aussi était mal intentionnée, on en est à quatre.
— Quatre quoi ? répliqua Jonathan. C'est une histoire de fous ! Changeons de sujet, s'il te plaît.
— De quoi veux-tu qu'on parle après tout ce que tu viens de me raconter ?
— On peut parler de chez toi.
— Très bien ! Les canapés du salon profitent au maximum de leurs nouvelles housses, mais les sachets de lavande ont demandé à changer de draps. Ce dimanche, on a compté deux paroissiens de plus à la messe de San Rocco qu'à celle de San Giorgio, ce qui nous a tous déstabilisés. Et puis on a frôlé le drame quand

Flavio le boulanger a décidé sans autorisation du maire de fourrer ses *panettoni* de fruits confits et non de raisins secs.

— Arrête ! dit Jonathan en riant. Tu as gagné. En fait, je me pose moi aussi des tas de questions que je tente d'occulter pour ne pas tomber dans la paranoïa. Toutes ces coïncidences me rendent fou.

— Les coïncidences, c'est comme le Cinzano mauve, ça n'existe pas, lui répondit Clara Lucia.

Vol Miami-Paris de la Continental Airlines

Il commençait à faire chaud. «*Naples in May, stay and lay beside the bay*», disait l'adage. Ce n'était pas encore les chaleurs d'août, mais Jonathan avait oublié ce qu'était un climat tropical et il se sentait toujours moite. Cela faisait déjà quatre mois qu'il s'était installé ici et il avait l'impression que les choses reculaient au lieu d'avancer : à New York, la petite Gemma était toujours dans le coma. Matthew l'inondait de courriels l'incitant à rentrer pour s'occuper d'un nouveau client. Et la série d'émotions que venait de lui offrir la clientèle de l'agence immobilière de George avait de quoi perturber une lamaserie entière.

La dernière conversation qu'il avait eue avec Nonna n'avait rien arrangé non plus. Avec ses questions pressantes et ses mines songeuses, sa grand-mère le laissait encore plus perplexe à la fin de chaque entretien. Elle parlait à coups de sous-entendus comme si elle était un dieu de l'Olympe qui connaissait le sens des événements, mais le lui cachait pour le mettre à l'épreuve... Mais si un lien existait vraiment entre la prédiction du mendiant de Locorotondo et ce qu'il lui arrivait ici ? Cette histoire de poignées de mains brûlantes qui était en train de s'incruster dans sa vie le rendait prêt à accepter n'importe quelle explication, pourvu qu'il y en ait une.

— Mon Dieu, se dit-il, comme je voudrais me retrouver dans ma situation d'avant ! Vingt-huit ans, publicitaire, nuits blanches à Manhattan. Et passer des journées entières avec pour seule obsession un bon slogan à trouver.

— Tu veux faire un saut en France ? lui demanda George quelques jours après le départ des Higgins. Un banquier qui nous loue chaque été une villa sur le golfe vient de prendre sa retraite et pense s'installer définitivement à Naples. Il possède un appartement à Paris qu'il propose de troquer contre la villa, et le propriétaire est intéressé. J'aimerais que ça passe par nous et je dois me rendre là-bas. Vas-y à ma place !

⁂

Le vol Miami-Paris de la Continental Airlines n'était plein qu'aux trois quarts. Installé dans un siège côté allée, Jonathan était en train de se dire que ce voyage allait certainement lui changer les idées lorsqu'en servant les boissons, l'une des hôtesses renversa accidentellement un verre de vin rouge sur son t-shirt avant de s'excuser platement et d'aller chercher un détachant. Or, quelque chose dans l'attitude de cette femme mettait le jeune homme mal à l'aise depuis le décollage. Son regard dur, ses gestes nerveux et son impatience avec les enfants et les personnes âgées l'avaient choqué. L'hôtesse revint avec une bombe de K2r et se pencha pour lui balbutier une autre excuse accompagnée d'une légère pression sur l'épaule. Jonathan sentit instantanément une brûlure à travers le tissu de son t-shirt, comme si une méduse venait de le piquer à la base du cou. Il redressa brusquement le buste et se projeta vers la droite.

Mel Emmy s'éloigna, écœurée. Les passagers étaient de plus en plus désagréables… Ses amies s'étaient pâmées lorsqu'elle était devenue hôtesse de l'air il y a deux ans déjà. Quelles idiotes ! Ce n'est pas parce qu'on fait la bonne au-dessus du niveau du sol qu'on n'en est pas une !

Ça s'appelle comment, de passer ses journées à servir des repas, à ranger des affaires, à ramasser des plateaux sales, à nettoyer du vomi et à contrôler ses nerfs lorsqu'on vous pose la même question quarante fois de suite, ou lorsqu'on vous engueule à cause d'un siège qui ne convient pas ?

Ah oui ! Ça s'appelle « hôtesse de l'air » et non pas « bonne à tout faire »... Le titre changeait tout. Comme cette nouvelle lubie qui avait transformé les femmes de ménage en « techniciennes de surface » ! Ce surclassement terminologique les dispensait-il de nettoyer les toilettes ? Et pourquoi pas « spécialiste qualifié dans le fonctionnement des bennes » au lieu d'éboueur; « fonctionnaire public détaché auprès des cimetières » au lieu de fossoyeur... Le ridicule ne tuait plus ! Et elle, fille aînée d'une millionnaire de San Francisco, n'était qu'une bonne d'avion !

⁂

Mel Emmy fut la première à apercevoir Beau Jackall attablé en solitaire dans le restaurant chic où sa mère avait réservé. Il paraissait âgé d'environ vingt-cinq ans et avait un physique d'acteur de cinéma. Mel supposa que cet Apollon devait attendre quelque beauté pour déjeuner et elle en eut un petit pincement au cœur.

À vingt-trois ans, elle n'avait toujours pas de petit ami.

Quarante minutes plus tard, alors qu'elles s'apprêtaient à partir, un serveur arriva des cuisines avec trois assiettes de bananes flambées au cognac, en déposa une devant le jeune homme et les deux autres devant Mel et sa mère qui n'avaient rien commandé.

— C'est offert par Monsieur, leur dit-il en indiquant Beau.

Surprise, madame Emmy sourit à ce dernier et l'invita d'un geste à se joindre à elles. Il ne se fit pas prier et déploya son mètre quatre-vingt-dix pour changer de table.

C'est exactement à ce moment-là que l'avenir de Mel se désintégra.

⁂

Avec une belle maison à San Francisco et quelques millions de dollars à la banque, madame Emmy avait de quoi voir venir. Veuve depuis deux ans, elle tenait son aisance matérielle de son père et non d'un mari sans ambitions mort sans lui laisser un cent. À quarante-sept ans et des poussières, elle envisageait de refaire sa vie le plus tôt possible et prenait soin de son physique plus que de ses trois enfants réunis…

Melany – Mel pour ses amis – était son aînée et traînait encore à la maison en préparant de loin une licence en littérature anglaise et en fréquentant de près les étudiants les plus paumés du campus. Les jumeaux, de trois ans plus jeunes, avaient déjà déserté pour rejoindre « Nothing but Nature », une communauté d'illuminés installée non loin des bords du lac Tahoe, à cheval entre la Californie et le Nevada.

⁂

Enfant unique élevé par une mère célibataire, Beau Jackall n'avait jamais eu d'autre ambition que de devenir mannequin. Fuyant l'école comme la peste, incapable de lire un titre de livre sans s'évanouir d'ennui, il avait décidé de gagner sa vie en faisant payer aux autres le droit de l'admirer. Encore adolescent, Beau était passé dans tellement de publicités que sa mère avait pu s'offrir la Camaro de ses rêves. À dix-huit ans, avec sa grande taille, ses épais cheveux blonds et ses beaux yeux bleus, sa carrière d'acteur ou de mannequin paraissait assurée, mais il n'était devenu ni l'un ni l'autre… Son inculture chronique qui l'empêchait de réunir deux mots intelligents en une seule phrase, son regard vide, ses gestes mous et sa paresse avaient constitué une barrière infranchissable aux deux métiers. Ne restait que de devenir modèle dans une académie des beaux-arts ou bien gigolo. Beau choisit le plus lucratif.

⁂

Le Papagayo était un restaurant relativement cher, mais bien fréquenté. Beau y avait un ami serveur, Ron, qui l'avertissait à chaque fois que des clientes riches et libres – veuves de préférence – réservaient une table. Entre eux, ils appelaient cela « la chasse aux perruches ». Beau raclait alors ses fonds de tiroir et faisait une réservation pour lui aussi. Le jour dit, il arrivait au Papagayo sapé comme une gravure de mode, commandait le repas le plus léger possible (bien obligé), se faisait indiquer par Ron « la table à chasser » et tentait sa chance en offrant un appât – en général l'assiette de bananes flambées.

Ça marchait à tous les coups ! Mais jusque-là, aucune des sept proies (cinq veuves et deux jeunes héritières) ne s'était transformée en trophée. Il avait immédiatement été mis hors-jeu par ce qu'il appelait des « garde-chasses » : père, beau-frère, fils aîné… qui veillaient au grain.

Cette fois-ci, il en avait touché deux d'un coup ! La mère et la fille lui jetaient des regards aussi enflammés que leurs bananes. Installé à leur table, il commença à débiter en guise d'introduction l'une de ses niaiseries habituelles.

« Mesdames, vous laisser quitter ce restaurant sans oser un geste pour vous retenir aurait été une insulte à la providence ! Je me présente : Beau Jackall, mannequin, né depuis vingt-cinq ans, en vie depuis vingt-cinq minutes ! »

Ron lui avait fait un petit résumé à propos de ces deux perruches et seule la mère l'intéressait. Il se concentra donc sur madame Emmy, regardant à peine Mel qui avait pourtant son âge. Cette dernière fut gênée et humiliée alors que sa mère, doublement flattée, se rengorgeait en minaudant comme une gamine. Beau s'enfonça dans le quotidien de « Honey Baby », comme il appelait désormais sa nouvelle conquête, aussi naturellement qu'un morceau de fruit dans un pot de yaourt. Il ne la quittait plus d'une semelle, la gavait de compliments et ne cessait de lui répéter à quel point cette vingtaine d'années qui les séparaient était un soulagement pour lui :

— Je suis tellement mieux avec toi qu'avec toutes ces idiotes plus jeunes ! Leurs comptes pas encore réglés avec leurs parents, leur manque de confiance chronique, leurs obsessions saugrenues et leur possessivité maladive... ça rend bon pour l'asile.

Honey Baby était tout à fait d'accord. Il n'y avait qu'à la comparer à ses propres enfants !

Les jumeaux s'étaient exclus de la normalité en ne quittant plus leur monde minéralo-végétal et Mel « vomissait sa vie », comme elle le répétait à tout bout de champ depuis ses dix-huit ans.

Six mois après leur rencontre, Beau demanda madame Emmy en mariage. Elle essaya d'argumenter pour la forme :
— Mais enfin, chéri, tu vois notre différence d'âge ?
— Je ne vois que ça ! C'est pourquoi je veux t'épouser.
— Mais que vont dire les enfants ?
— Que leur Beau-père porte bien son nom…
— Sois sérieux, tu as presque leur âge.
— Tant mieux ! Comme ça, je durerai plus longtemps que ton premier mari.

Ayant autant d'esprit qu'un tissu éponge, Beau avait demandé à son ami Ron de lui trouver quelques répliques vaguement spirituelles à opposer aux éventuelles réticences de sa gentille fiancée de quarante-huit ans. Honey Baby n'y résista pas. Le mariage eut lieu à San Francisco, en l'absence des trois enfants et en présence de Ron.

⁂

Depuis que Beau fréquentait sa maison, la vie était devenue insupportable pour Mel, malgré les huit cents mètres carrés d'espace habitable de la résidence. Croiser chez elle un garçon de son âge à longueur de semaine l'écœurait, le voir ramper aux pieds de sa mère l'horripilait, l'écouter roucouler sur tous les tons son grotesque « Honey Baby » la hérissait, et la nouvelle du mariage lui fit définitivement « vomir sa vie ».

— Mais ne te rends-tu pas compte que tu es en train de te ridiculiser de la belle manière, et que ce coq déplumé n'est qu'un gigolo ? avait-elle crié à sa mère.
— Si c'était *toi* qui lui avais plu, tu l'aurais plutôt traité de prince charmant.
— Justement, ce n'est pas *moi* qui lui ai plu. *Donc* c'est un gigolo.
— Inutile d'insulter les autres si tu es jalouse.
— Jalouse, moi ? avait hurlé une Mel hystérique.
— Parfaitement ! Regarde-toi.

La jeune femme avait alors attrapé l'horrible ourson en porcelaine rouge, cadeau de Beau pour la Saint-Valentin, et l'avait envoyé se fracasser contre le mur du salon avant de monter dans sa chambre pour faire ses valises. Mel se retrouva du jour au lendemain sans domicile et sans argent. Abandonnant définitivement la licence de lettres qu'elle faisait encore traîner, elle devint hôtesse de l'air pour la Continental Airlines, pistonnée par une copine. Tout ce qu'elle demandait à son nouveau travail était de la garder le plus loin possible de San Francisco. Cependant, et pour ne pas laisser le champ complètement libre à « Beau l'escroc », comme elle le surnommait, elle n'avait pas complètement coupé les ponts avec sa mère qu'elle s'obligeait à appeler deux fois par mois, le temps d'une conversation à dix mots.

Elle restait aussi en contact avec des amis qui lui donnaient régulièrement des nouvelles des « jeunes mariés ». Partagée entre son envie de ne rien savoir et son refus de devenir le dindon de la farce, elle se forçait à poser des questions dont elle redoutait les réponses. Elle avait ainsi appris que Beau conduisait maintenant une Range Rover à quatre-vingt mille dollars ! Pour quoi faire ? Aller à son travail ? Elle avait appris aussi qu'il avait fait venir sa maman à San Francisco pour la loger dans un appartement acheté dans une résidence neuve. Avec quel argent ? Son salaire de limace d'appartement ? Et qu'il ne s'habillait plus que chez Armani... Bien sûr ! Noblesse oblige.

À ce train-là et dans quelques années, sa mère n'aurait plus un sou. Il ne resterait que la maison qu'elle avait peut-être déjà l'intention de laisser au pauvre petit *pour le sécuriser*.

Mel n'en dormait plus la nuit, mais ne pouvait rien faire. Madame Emmy était libre de dépenser son argent à sa guise et ses enfants n'avaient plus qu'à se débrouiller tout seuls – comme avait su le faire Beau l'escroc. La jeune femme avait pris la peine de faire un saut chez son frère et sa sœur, toujours fourrés dans leur communauté de doux dingues, pour les mettre au courant de la nouvelle donne familiale et les pousser à faire quelque chose. Mais ils avaient réagi comme des végétariens à qui on demande de prendre les armes pour défendre un bifteck.

⁂

Esquintée par les stations debout, affolée par les trous d'air, dégoûtée par les enfants braillards, horripilée par les passagers râleurs, Mel se sentait désormais nauséeuse pendant tous ses services, pensant continuellement à Beau qui devait être en train de se prélasser dans *son* salon, de nager dans *sa* piscine et de flamber l'argent de *sa* mère. Elle ne décompressait un peu que lorsqu'elle mettait son front contre un hublot, imaginant que Beau l'escroc était un passager aspiré hors de l'avion grâce à un trou dans la carlingue… Elle le visualisait alors gesticulant devant elle comme un pantin grotesque en complet-veston Armani, son beau visage crispé par la peur et ayant juste le temps de la voir sourire avant d'être avalé par l'espace.

⁂

Paris fit du bien à Jonathan en lui offrant la déconnexion dont il avait, oh combien, besoin. Ses contacts terminés, il reprit le chemin de l'aéroport le cœur un peu lourd. Paris était trop beau et ce séjour trop court.

À la porte de l'avion, il eut la désagréable surprise d'être accueilli par la même hôtesse de l'air qu'au départ : celle qui lui avait renversé du vin rouge sur son t-shirt. Ceci le ramena à ses soucis initiaux en quelques minutes et les effets bénéfiques de son voyage disparurent instantanément.

Son siège était situé dans la rangée de droite, au quatrième rang côté allée. Il s'y installa et se plongea dans un livre qu'il venait d'acheter.

⁂

Mel Emmy bouillonnait de rage. Sa mère l'avait réveillée ce matin pour lui demander si elle allait être de service sur le Paris-Miami. « Beau a fait le déplacement jusqu'à Londres pour assister à un match de football de la Coupe d'Europe, lui annonça-t-elle. Le pauvre chou est un fanatique d'Arsenal. »

Tout à fait normal de faire un petit saut au-dessus de l'Atlantique pour assister à un match de foot quand on est chômeur, avait mentalement fulminé Mel.

— Et puis il s'est dit que ce serait dommage d'être si près et de ne pas en profiter pour voir Paris…

Esprit d'économie oblige !

— Il rentre donc aujourd'hui de Paris par la Continental, et s'il se trouve sur la liste de tes passagers, je compte sur toi pour être prévenante avec lui. Il n'aime pas l'avion.

Le pauvre ! Comment fait-il pour signer ses contrats internationaux ?

— Merci, Mel. Je dois le rejoindre à Miami dans deux jours. Nous avons réservé une cabine sur un bateau de la Royal Caribbean qui part de là dimanche soir. Une croisière d'une semaine, pas plus. Et puis hop ! Au bercail. Et n'oublie pas que nous espérons te voir à Noël.

Mel avait fait un rapide calcul : un billet d'avion pour l'Europe, plus les frais d'hôtel et de restaurants, plus les deux cent cinquante livres sterling du ticket de match de foot, plus l'argent de poche pour les achats… plus la croisière ! Ça pouvait aller chercher entre dix et vingt mille dollars, suivant les goûts de luxe de monsieur. Passe encore pour la croisière… sa mère en profitait aussi, mais le reste ?

— Je vomis ma vie ! s'était-elle dit pour la millième fois.

Passer Noël à San Francisco pour revoir ce gigolo chez elle ? Jamais ! Rien que de se rappeler comment sa mère était aux petits soins pour lui la rendait malade. Comme il était allergique aux noisettes, celle-ci passait des heures au supermarché à déchiffrer les étiquettes de chaque marque de biscuits, crème dessert, chocolats, gâteaux ou autres… Le produit accrédité gagnait alors le droit de figurer sur une liste de noms affichée à la cuisine et bénie par la maison. Leur garde-manger était devenu une sorte de club très select où chaque bouchée devait montrer patte blanche avant d'entrer. Grotesque !

Oui, elle était malheureusement de service sur le Paris-Miami aujourd'hui et espérait qu'il y aurait tellement de trous d'air que Beau le

Magnifique en ferait quelques syncopes sympathiques.

Mais après tout, pourquoi ne pas lui concocter un trou d'air maison ? Une innocente pincée de poudre de noisettes noyée dans un litre de café, par exemple. Cette délicate attention passerait inaperçue chez tous les passagers, sauf chez un seul. Mais on n'est jamais égaux devant le sort.

⁂

Jonathan venait de détacher sa ceinture de sécurité et de se faire servir un jus de tomates par cette hôtesse qui avait l'air encore plus perturbée que durant le vol précédent. Il avait été à la limite de l'impolitesse lorsqu'après lui avoir taché son t-shirt, elle lui avait légèrement pressé l'épaule en guise d'excuse.

Une piqûre de méduse ! C'était exactement ce qu'il avait senti. Quelle malchance de se faire servir par cette femme aujourd'hui aussi ! Elle émettait des vibrations aussi négatives que celles d'une nuée de frelons noirs à chaque fois qu'elle passait à côté de lui, et il évitait qu'elle le frôle. Un peu avant l'arrivée du chariot qui ramassait les verres vides et les sachets de bretzels, Jonathan la vit se pencher au-dessus d'un passager assis devant lui, dans la rangée du milieu côté allée. D'après ses cheveux drus et blonds, son avant-bras musclé et son profil, celui-ci devait être beau garçon. Lorsqu'elle se redressa, l'hôtesse avait ses deux poings serrés et son regard flambait de haine. Ce scénario se répéta deux fois encore. Quelqu'un d'autre n'y aurait vu que le va-et-vient d'un membre du personnel qui tentait de renseigner un passager, mais Jonathan fut certain que ces deux-là se connaissaient.

— Probablement un ex-petit ami qui a dû la laisser tomber d'une façon pas très élégante, se dit-il. Et comme je le comprends ! Elle en profite pour régler ses comptes. Pauvre type coincé dans son siège pour encore six bonnes heures sous l'emprise de cette méduse… Dangereux de prendre l'avion quand on a rompu avec une hôtesse de l'air. Aucune recommandation ne met en garde contre un risque pareil. Mais quand même, ça doit être horriblement humiliant pour elle de le servir dans ces circonstances. Encore heureux qu'il ne soit pas accompagné…

Le déjeuner terminé, Jonathan reprit son livre en attendant le café. Vivement l'atterrissage ! Il leva la tête et laissa errer son regard derrière le rideau mal tiré du sas qui le séparait de la classe affaires et entrevit son « hôtesse-méduse », comme il l'avait surnommée, soulever le couvercle métallique d'un pichet et y faire tomber quelque chose ôté de sa poche. Ses yeux enregistrèrent l'image, mais son cerveau ne réagit à l'incongruité du geste que quelques minutes plus tard, au moment où le jeune homme blond déposait sa tasse sur un plateau pour être servi. Il se leva alors spontanément, fit deux pas en avant et tendant la main pour s'agripper à un dossier de siège, renversa la tasse de café pleine que le passager reprenait à l'hôtesse.

« *I am sooo sorry!* » s'exclama-t-il tandis qu'éclaboussé par la boisson brûlante, le jeune homme poussait un « *Oh, shit!* » et bondissait de sa place pour gagner les toilettes.

D'abord surprise, Mel Emmy lança un regard noir à Jonathan, mais fut contrainte de continuer le service comme si de rien n'était.

« La chance de ce salaud de Beau le poursuit même en avion ! » se dit-elle, malade d'avoir échoué si près du but. C'était fichu, maintenant ! À moins de lui resservir une autre tasse. Mais si cet homme l'avait bousculée en faisant exprès ? Elle l'avait eu récemment comme passager et l'avait déjà trouvé souverainement antipathique : une histoire de vin renversé. Mais non, elle n'allait pas, en plus, devenir paranoïaque… « Ah, je vomis ma vie ! »

— Vous avez oublié de ramasser ça, mademoiselle, dit Jonathan en surgissant derrière le rideau où Mel refaisait le plein de boissons chaudes.

Il brandissait la tasse de café vide de Beau.

— Et lorsque votre passager reprendra sa place, je vous conseille vivement de ne pas lui en servir une autre, poursuivit-il. La caféine peut être très nocive.

Mel Emmy le regarda, les yeux ronds.

— Je vous ai vue faire tomber quelque chose dans un pichet avant de commencer le service. Et comme vous n'aviez pas l'air d'être particulièrement en bons termes avec votre petit ami…
— Ce n'est pas mon petit ami ! aboya Mel, vous divaguez.
— Peut-être, mais je suis quand même curieux de savoir ce qu'il y avait là-dedans, dit-il en faisant jouer la tasse entre ses doigts. D'autant plus que je suis laborantin, mentit-il.

L'hôtesse la lui arracha des mains.

— Ce n'est que du café, monsieur ! Une partie des passagers ont déjà été servis.
— Tant mieux pour ces passagers-là. Tentez de ne pas faire de discrimination parmi les autres…

Jonathan retourna à son siège et Mel, après s'être longuement lavé le visage, continua son service. Beau avait repris sa place, et elle aussi. Certaines allergies avaient la vie dure…

⁂

« L'amour et la jalousie sont des affaires de grands ;
Qui ose jouer avec n'en sort que perdant !
Sauf moi, bambino mio, qui gagne à tous les coups,
En jouant avec tes menottes roses et tes cheveux roux.
Et que San Giorgio qui garde et San Rocco qui veille
Parsèment tes nuits d'étoiles et protègent ton sommeil. »
(Berceuse du pays jadis fredonnée par Nonna)

— À l'heure, approuva Nonna.
— Bien obligé ! Je sais qu'à cette minute, ton cappuccino vient d'être versé dans ta tasse en grès jaune et que tu me guettes sur ton PC comme un chat devant le trou d'une souris.
— J'aime les bonnes habitudes.
— Et moi, j'aime Paris au mois de mai, répondit Jonathan en racontant son voyage.
— Quoi ? Tu es venu *ici* sans passer me voir ?
— Tu parles de l'Europe comme si la Méditerranée stagnait dans ton salon. *Ici* était à 1 500 kilomètres !

— Égal zéro pour envoyer au moins un SMS, mais je passe. Quelle autre nouvelle ?

— Aucune nouvelle de Carmel, en tout cas ! Déjà six mois de coma… Finalement et pour les parents, cette mort clinique est pire qu'une mort physique. Le corps est là et empêche le deuil ; l'esprit n'est pas là et empêche l'espoir.

— Je voulais des nouvelles qui te concernent toi, précisa Nonna.

— *Tout* me concerne moi depuis quelque temps, répondit-il en soupirant.

Et il raconta ce qui s'était passé avec l'hôtesse l'air.

— Ce jeune homme devait être allergique à quelque chose d'inoffensif pour les autres et elle a voulu en profiter, conclut-il. À des milliers de pieds d'altitude, la chance d'être secouru efficacement en cas de problème est beaucoup moins élevée que celle de poursuivre son chemin tout seul vers le ciel, un peu plus haut – chemin que cette hôtesse semblait très désireuse de faire prendre à son passager. Elle suintait la haine quand elle le regardait.

— Jonathan ! Te rends-tu compte de ce que tu es en train de me dire ?

— Quoi ? Il aurait fallu signaler l'incident à la direction de la Continental ?

— C'est à toi qu'on est en train d'indiquer une direction et tu continues à ne rien voir ! Cinq personnes dont le contact physique te brûle

la peau. Cinq agressions évitées de justesse. Comment appelles-tu ça ? De menus hasards jalonnant une vie quotidienne bien remplie ?
— Pourquoi cinq ?
— Parce que je continue à être persuadée que tu as changé les plans de cette Mrs Crown au visage abîmé.

Il repensa au revolver aperçu dans le sac.

— On ne le saura jamais, mais même dans ce cas, tu as mal compté. Ça ne ferait toujours que quatre.
— Ces vieux époux arrivés du Nouveau-Mexique t'avaient bien traumatisé tous les deux avec leurs poignées de mains.
— Mais seule la femme a tenté de se venger. Pauvre femme !
— Au départ, elle devait être d'accord avec son mari. Tu es mis en contact avec ceux qui ont l'intention de nuire et non pas avec leurs victimes, j'en suis convaincue maintenant. Donc, cinq.
— Et ôté de quoi ? s'énerva Jonathan.
— Encore une fois, ôté du chiffre sept que t'a indiqué notre vieux Pio… Je te le répète depuis le début. Regarde la réalité en face !
— Et tu appelles ça une *réalité*, toi ? Il y a sûrement une explication rationnelle à tout ça.
— Bien sûr ! Quand on est incapable de voir l'échelle qu'on est en train d'escalader, il y a bien une explication : la cécité.

La main qui bouge le berceau est la main qui mène le monde

Jonathan s'était offert deux jours de repos à son retour d'Europe. Son court séjour parisien l'avait aidé à se déconnecter, mais l'incident avec cette hôtesse lui avait ôté tout le bénéfice du voyage. Nonna avait raison. C'était la coïncidence de trop !

Arrivé tôt ce matin à l'agence, il prit le temps de feuilleter le *Naples Daily News* en buvant son café. Au bas de la dernière page, un article intitulé « La Belle sans la Bête » attira son attention. On y parlait d'un scandale ayant éclaboussé un fameux plasticien de Boston. Mrs Kimberly Crown, l'une de ses patientes, lui avait intenté un procès pour opération esthétique ratée. Rejointe par quatre autres femmes, Mrs Crown avait créé une association dont la mission serait de défendre toutes les personnes victimes de ce genre d'abus.

L'article précisait que le Dr Mich Helow possédait une superbe villa sur le golfe de Naples où il passait ses vacances de printemps, propriété qu'il se trouvait maintenant obligé de mettre en vente pour couvrir les frais d'un procès qui s'annonçait ruineux.

Jonathan resta sidéré. Voilà qui expliquait la présence de cette femme à Naples avec un revolver dans son sac ! Mais alors, pourquoi n'avait-elle rien tenté ? Et pourquoi avoir quitté la ville si soudainement ?

Il pensa à la paume brûlante que cette Mrs Crown lui avait tendue lors de leur première entrevue, et à la poignée de main normale qu'ils avaient échangée à la fin du dîner qui avait précédé son départ. Avait-elle changé ses plans entre-temps ? Avait-il, sans le savoir, joué un rôle dans tout ceci ?

Il se prit la tête dans les mains, tentant d'éclaircir ses idées. Il ne connaîtrait sans doute jamais les détails de cette histoire, mais il fallait s'avouer que jusque-là, Clara Lucia avait eu raison sur toute la ligne. Il y avait certainement un lien entre les agressions que ces inconnus rencontrés par hasard avaient l'intention de commettre et les paumes brûlantes qu'ils lui tendaient. Et à chaque fois, la providence l'avait utilisé pour empêcher le pire.

Jonathan avait hérité du rationalisme de son astronaute de père qui aimait à répéter en riant : « Je garde les pieds sur Terre, même debout sur la Lune ! » mais il n'avait jamais pensé qu'être rationnel était synonyme de rester aveugle à certaines choses. Or, vouloir interpréter une seule coïncidence tenait de la naïveté, mais en ignorer plusieurs tenait de la bêtise. Et il en était à cinq !

— D'accord ! dit-il mentalement au vieux Pio, je veux bien me rallier à l'avis de Nonna et admettre que tu es un mage, ou un devin, ou je ne sais quoi… Je me veux rationnel, mais pas de mauvaise foi, et je me déclare donc battu 5 à 0. Cependant, le match n'est pas fini et j'attends la suite.

⁂

Jonathan recevait de plus en plus d'e-mails de Matthew, qui le pressait d'envisager le retour à Manhattan. Par ailleurs, les nouvelles de l'hôpital du Mount Sinaï communiquées par Carmel étaient décourageantes. Au bout de tous ces mois de coma, les médecins tentaient de faire comprendre à la maman de la petite Gemma que se réveiller de ce genre de sommeil était rarissime, et que même si cela arrivait, les dégâts seraient irréversibles.

On était en juin et l'agence de George commençait à tourner au ralenti. Arrivait la saison des chaleurs moites puis des ouragans, mais le jeune homme n'avait pas le courage de se retrouver dans un New York étouffant et poussiéreux. Il laisserait passer l'été et n'envisagerait un retour qu'en septembre. Cette rupture en Floride n'avait rien résolu tout en ayant été nécessaire.

« On ne peut pas continuer à marcher au même rythme lorsqu'on a cassé quelque chose de précieux en chemin, se disait-il. Dans ce cas-là, on a besoin de faire une pause au bord de la route pour réparer ou faire son deuil, garder le cap ou en prendre un autre, réfléchir ou s'étourdir... Ceux qui peuvent poursuivre imperturbablement leur chemin sans avoir les pieds écorchés par les débris d'une vie brisée par eux n'ont rien d'admirable. Ni d'humain. »

L'homme et la femme qui poussèrent la porte de l'agence, ce jeudi matin, affichaient des tenues sport chic, une allure décontractée, et devaient être âgés d'environ quarante-cinq ans chacun. Le type même du couple qui a réussi dans l'exercice d'une profession libérale, qui a transcendé les aléas de la vie commune et qui pense qu'il est temps d'investir pour la retraite. Les clients parfaits.

Ils étaient accompagnés d'un bébé de quelques mois couché dans sa poussette et d'une jeune femme à la mine renfrognée qui devait être la nounou. Les réussites professionnelles se paient décidément de plus en plus cher, se dit Jonathan. Si mari et femme sont aussi ambitieux l'un que l'autre, il leur faut désormais attendre la préretraite pour avoir le temps de pouponner. Et encore faut-il qu'à ce moment-là, leur horloge biologique soit encore en état de marche… Ce couple-ci avait apparemment eu beaucoup de chance.

— Nous aimerions acquérir à Naples une maison indépendante avec jardin, expliqua l'homme après avoir salué d'un sourire et pris place avec sa femme. Quatre chambres à coucher pour un prix d'environ quatre cent mille dollars nous conviendraient. La proximité d'un parcours de golf serait un plus.
— Mes parents habitent déjà ici, enchaina l'épouse, on connaît donc la ville et on adore. Bien que pour y passer des vacances avec un enfant… ajouta-t-elle en regardant le bébé, ce n'est certainement pas comme Orlando ! Mais bon !
— Nous logeons au Best Western, reprit le mari, et nous serons disponibles pendant trois semaines pour visiter les maisons qui pourraient convenir.

La jeune femme qui accompagnait le couple avait gardé pendant tout l'entretien un visage fermé et un air revêche qui la rendaient laide.

« On s'en va, Hetty ! » lui lança l'homme en se levant pour prendre congé.

Celle-ci fit faire demi-tour à la voiturette du bébé, dont l'une des roues buta contre le fauteuil de Jonathan qui tendit spontanément le bras pour l'aider. Sa main rencontra accidentellement celle de la nounou qui était brûlante, et il ne fut même pas surpris de sentir comme de la braise lui lécher la paume. Intuitivement, il s'y attendait.

⁂

Hetty Teufel n'avait jamais connu son père, fils d'immigré allemand brièvement installé à Kaisertown, quartier de la ville de Buffalo, État de New York. Le temps de lui donner son nom et il avait disparu. Sa mère, d'origine polonaise et femme de chambre au Hilton, l'avait élevée seule. À l'âge de seize ans, déjà résolument antitout, Hetty haïssait pêle-mêle les Allemands, les Américains, les Polonais, Buffalo, l'école, les voisins, ses cheveux filasse, ses chevilles épaisses, sa mère fatiguée, sa maison étriquée, ses copines plus jolies et chaque mètre de Kaisertown…

Ne trouvaient grâce à ses yeux que les chutes du Niagara situées seulement à trente-quatre kilomètres de chez elle. C'était le seul endroit où elle pouvait passer plus d'une heure sans s'ennuyer, fascinée par le formidable grondement de l'eau et par l'arc-en-ciel qu'on voyait flotter en permanence au-dessus de l'écume. En été, après avoir payé les trois dollars et demi du trajet en bus, il lui restait quelquefois les moyens de grimper sur le *Maid of the Mist*, l'un de ces petits bateaux qui promenaient les touristes au bas des chutes. Debout sur le pont, engoncée dans le ciré jaune qui la protégeait des embruns, elle regardait alors le mur liquide avec des envies de le traverser pour se perdre définitivement de l'autre côté.

Un samedi de juin, ayant déjà eu le vertige dans le bus qui l'emmenait vers les chutes, Hetty se trouva mal au moment de prendre le bateau. Un jeune homme d'une vingtaine d'années qui se tenait à côté d'elle l'aida à monter à bord et lui tint compagnie durant le tour. Le Niagara canadien était juste en face et il lui expliqua qu'il venait de traverser la frontière pour visiter le côté américain. C'était un étudiant de Montréal, passionné de photo et plutôt beau garçon. Flattée par l'attention qu'il lui témoignait, la jeune fille accepta de passer le reste de la journée avec lui puis de le suivre à son motel – jusque-là, jamais personne n'avait daigné s'intéresser à son physique ingrat…

L'étudiant rentra au Canada le lendemain sans laisser d'adresse. Mais en la laissant enceinte.

⁂

Hetty voulut garder l'enfant – c'était la première fois que quelque chose d'intéressant lui arrivait –, mais sa mère la menaça de la jeter dehors si elle ramenait un bâtard à la maison. Elle finit par céder en désespoir de cause, ajoutant à sa liste de gens à haïr les gynécologues, les Canadiens francophones et, avec une mention spéciale, toutes les mères polonaises vivant entre Kaisertown et Varsovie.

Deux ans plus tard, le matin même de ses dix-huit ans, elle claqua la porte de l'appartement maternel pour la dernière fois et devint colocataire des deux pièces d'une vague copine, dans le centre-ville de Buffalo.

Sans diplôme et sans formation, la jeune fille commença à faire du baby-sitting pour payer son loyer – ce qui lui convenait, car vomissant les adultes, les enfants trouvaient toujours grâce à ses yeux.

Les premiers parents furent difficiles à convaincre. La jeune femme avait un air dur et revêche qui les rebutait, mais curieusement, les petits l'aimaient, et son nom figura très tôt sur la liste des baby-sitters fiables. Avec elle, pas de mauvaises surprises comme les copains reçus en douce, les pièces enfumées par la cigarette ou les traces de fouille indiscrète. Et en prime, on récupérait des enfants propres et sagement endormis.

Hetty avait peu de dépenses. Elle n'achetait pratiquement pas de vêtements ou de fanfreluches, et ses sorties se résumaient à aller au cinéma. Côté week-ends, les chutes du Niagara continuaient à avoir sa préférence, mais elle n'avait plus jamais revêtu de ciré jaune pour monter sur un bateau. Elle n'était plus jamais passée non plus dans la rue de Kaisertown où exerçait cette Dr Gertrude Schwarz qui lui avait fait stopper sa grossesse, mais le nom de la gynécologue lui revenait souvent en mémoire comme une odeur nauséabonde qui va et revient au gré du vent. Un an après avoir quitté sa mère, elle put enfin louer un deux-pièces toute seule. Plus d'adulte avec qui partager quoi que ce soit, et une vie sociale qui se résumait à garder des enfants. Exactement ce qui lui convenait.

⁂

À trente-deux ans, après des années quasi monacales cantonnées dans le trio baby-sitting – maison – cinéma, Hetty rencontra

Bert. C'était le père d'un petit garçon de cinq ans qu'elle gardait chaque vendredi soir.

Bert Bogner avait quarante-huit ans et un début de calvitie, d'embonpoint et de cholestérol. Ses traits fatigués étaient ceux d'un représentant de commerce sur le retour – ce qu'il était effectivement. Veuf à la suite d'un accident de voiture qui l'avait laissé seul avec un gamin de six ans, il avait installé sa mère chez lui pour s'occuper du petit et elle le pressait de se remarier. Bert était d'accord, car il rêvait de donner des frères et sœurs à son fils.

Représentant en matériel médical depuis l'âge de vingt ans, il avait attendu la venue de l'aisance matérielle pour se marier, mais son épouse avait très mal supporté ses absences continuelles et n'avait pas souhaité avoir plus d'un enfant. Bert et elle avaient été en conflit perpétuel, et rentrer chez lui au bout de chaque tournée était devenu un cauchemar. Il ne voulait donc refaire sa vie qu'avec une femme qui serait prête à tenir sa maison, à élever son fils et à lui en donner d'autres. Le tout en acceptant ses déplacements fréquents... En somme : une mère porteuse doublée d'une nounou et triplée d'une femme d'intérieur ; tous frais payés, mais sans salaire ; bon caractère (par la force des choses) ; physique indifférent (le minimum acceptable); faite pour se débrouiller seule (les trois quarts du temps).

« Autant chercher à pêcher un poisson à pattes ! » lui avaient dit ses copains. « Je me remarierai avant toi ! » lui avait dit sa mère. Mais Bert trouva.

Hetty venait chez les Bogner depuis deux ans, tous les vendredis de dix-sept heures à minuit, pour garder le petit en l'absence de sa grand-mère qui passait ces soirées-là chez une amie. En deux ans, elle ne s'était pas décommandée une seule fois, n'était jamais arrivée en retard d'une seule minute et l'enfant était très attaché à elle.

Encouragé par sa mère, Bert finit tout simplement par lui proposer de nouer avec lui une relation sérieuse. Il l'avait rencontrée en tout et pour tout une dizaine de fois, ne la trouvait ni douce, ni souriante, ni jolie; mais jeune, efficace et solide. L'offre était adaptée à la demande.

L'approche du veuf avait le mérite d'être franche et en bon représentant de commerce, c'est presque un marché qu'il proposa à la jeune femme : le seul qu'elle pouvait signer les yeux fermés puisqu'il lui assurait une maison sur laquelle régner en maîtresse absolue, avec, pour seul adulte à demeure, un mari très absent. En prime, elle pourrait avoir ses propres enfants en plus d'un petit qu'elle aimait déjà et une sécurité matérielle assurée. Le rêve.

En outre, Bert était doux et discret. Idéalement atone. L'union de deux négations ne pouvait être que positive.

⁂

On était en janvier et le mariage fut prévu pour juillet afin de donner le temps à la grand-mère de déménager chez sa sœur dans la banlieue de Buffalo. Ceci n'empêcha pas Bert de demander à Hetty de déjà tenter de mettre un bébé en route, d'autant plus qu'il avait prévu moins de déplacements pour les mois suivants.

— Puisqu'on sait exactement ce que l'on attend l'un de l'autre, lui dit-il, autant commencer tout de suite. On n'est plus au temps où l'on se mariait précipitamment pour légitimer une grossesse. Pour nous, c'est l'inverse.

Juillet arriva sans rien annoncer, à part de fortes chaleurs. Bert repoussa d'autant plus volontiers le mariage que sa mère n'avait pas encore pu déménager et Hetty décida de consulter un gynécologue par acquit de conscience. Ce dernier la rassura en plaisantant.

— Vous savez, lui dit-il, on ne tombe pas enceinte comme on obtient une barre de chocolat en insérant cinquante cents dans un distributeur automatique. Ça fonctionne plutôt comme avec ces machines remplies de peluches dans lesquelles il faut introduire un dollar pour actionner une main mécanique qui tente d'accrocher un jouet. On échoue sept fois sur dix.

Mais vu que Bert devait reprendre ses longues absences, le médecin recommanda à la jeune femme de faire des inséminations artificielles à la clinique afin de ne pas rater ses jours fertiles. Sans plus de résultats.

En décembre, Bert ne parla plus de mariage. La grand-mère était toujours là. Et Hetty continuait à venir garder le petit chaque vendredi soir, tout en tentant de tomber enceinte le reste de la semaine… C'était surréaliste.

Elle reprit le chemin de la clinique pour des examens plus approfondis et cette fois-ci, le verdict tomba comme un couperet : stérilité définitive due à une synéchie totale.

On expliqua à la jeune femme que le curetage qu'elle avait subi à seize ans avait probablement été trop agressif, lésant les parois utérines et empêchant toute nidation ultérieure. À ce stade, on ne pouvait plus rien faire.

Hetty rentra chez elle en oscillant entre des envies de meurtre et de suicide. Elle venait de perdre d'un coup un avenir matériel assuré, une jolie maison, un petit garçon de six ans auquel elle s'était attachée, d'autres enfants à venir et une vie tranquille sans dieu ni maître. À trente-deux ans et compte tenu de l'espérance de vie actuelle, il lui restait une cinquantaine d'années à végéter dans son deux-pièces, dont une trentaine à garder les enfants des autres, dans les deux mille séances de cinéma en solitaire et autant de week-ends à écouter le grondement des chutes du Niagara, et ce, jusqu'à l'arrivée de la surdité ; rien d'autre. Rien d'autre, à vie !

Avant l'offre de Bert, elle vivait au jour le jour et s'en accommodait... Mais maintenant, elle se sentait comme une prisonnière qui avait scié ses barreaux, avait quitté le pénitencier, avait pu voler une voiture, mais avait fini par été arrêtée à la frontière de l'État au moment où le museau de son véhicule flairait déjà l'air de l'État voisin...

Tout cela à cause de sa mère enterrée depuis plus de trois ans et à cause de cette Dr Gertrude Schwarz qui l'avait charcutée ! On le lui avait bien dit, à la clinique : « Intervention traumatique ayant lésé les parois de l'utérus ». Ça voulait dire que cette salope avait fait n'importe quoi ! Hetty ne se souvenait même pas d'un check-up de routine après son curetage... Rien ! Cette femme aurait-elle été si négligente avec une nièce, une amie, ou tout simplement une cliente riche ?

C'était peut-être pour cela que le nom de Gertrude Schwarz était resté poinçonné dans sa mémoire... Parce que son corps avait su avant elle que ce nom-là lui avait brûlé les entrailles.

⁂

Hetty ne se rendit plus chez les Bogner et ne fut plus contactée par Bert. Il avait dû choisir une autre baby-sitter en attendant de trouver chaussure à son pied, puisqu'elle était devenue totalement inutile...

Un dimanche matin, étouffant de dépression dans son appartement et poussée par un désir morbide, elle décida de se rendre à Kaisertown pour voir si cette Gertrude Schwarz exerçait toujours à la même adresse. Le cœur battant et pour la première fois depuis des années, elle s'engagea dans la rue où se trouvait la clinique et repéra tout de suite l'immeuble. Une plaque indiquait sur la porte : Dr Gertrude Schwarz-Tomlin. Cela lui fit l'effet d'une douche brûlante… Après l'avoir détruite, cette femme avait continué à se rendre à la même clinique pour recevoir d'autres patientes. Comme si de rien n'était !

Elle s'était aussi mariée et avait peut-être maintenant un, deux ou plusieurs enfants. Comme si de rien n'était !

Hetty nota les horaires d'ouverture de la clinique et décida de revenir pendant la semaine pour guetter la gynécologue. Elle avait soudain besoin de lui redonner un visage.

Le jeudi suivant, postée en face de l'immeuble, elle vit une Buick blanche conduite par un homme relativement jeune s'arrêter au bord du trottoir. Un enfant qui paraissait avoir moins d'un an était assis dans son siège à l'arrière. Elle n'y attacha pas d'importance jusqu'à ce qu'une femme élégante sorte de l'immeuble et s'approche de la Buick. C'était *elle* ! Plus âgée, sans blouse blanche, mais *elle.* La femme ouvrit la portière et s'installa à côté du conducteur en souriant avant de se retourner pour caresser le bébé. Hetty sentit une nausée remonter de ses entrailles et exploser dans sa poitrine.

⁂

Gertrude Schwarz n'avait eu son premier enfant qu'à quarante-quatre ans. Mariée depuis douze ans avec Dan Tomlin, un avocat de Buffalo, elle avait voulu assurer son avenir professionnel d'abord, en se surchargeant de patientes pour se garantir un maximum de revenus. De son côté, Dan avait dû accumuler des milliers d'heures de consultation pour devenir associé dans une étude prospère de la ville.

Avec ce qu'il payait au fisc, le couple n'avait eu que le choix de travailler toujours plus pour acquérir le *minimum* : un loft de deux cents mètres carrés dans le centre de Buffalo ; un appartement à Manhattan acheté comme investissement ; un portefeuille d'actions ; un pied-à-terre à Naples, en Floride, qu'ils comptaient s'offrir le plus tôt possible pour s'y retirer le plus tard possible. C'est là-bas que les parents de Gertrude s'étaient installés depuis peu. Les Tomlin avaient pris toutes les décisions concernant leur avenir dès la veille de leur mariage, comme des patrons de PME qui établissent un tableau d'objectifs à long terme, mais le timing de la naissance de l'enfant n'avait pu être respecté, car il avait fallu beaucoup lutter pour réussir à concevoir... Gertrude avait d'abord regretté d'avoir trop attendu pour tomber enceinte, mais étant heureusement gynécologue, elle avait fait son travail et Stevie avait fini par arriver.

Dan déposait le petit chaque matin à la nursery puis conduisait sa femme à la clinique, avant de repasser les prendre tous les deux à dix-sept heures. Encore une dizaine d'années de travail, et hop ! Soleil et plage. Stevie n'aurait alors que onze ou douze ans et ils pourraient enfin profiter de lui. Leurs revenus seraient assurés par les locations des appartements de Buffalo et de New York et par le fruit des investissements boursiers. Un bon planning déposé dans la case départ d'une vie, et les obstacles ultérieurs tombaient d'eux-mêmes comme des dominos !

⁂

Une semaine après sa visite à Kaisertown, Hetty téléphona au Dr Schwarz afin de prendre rendez-vous pour un check-up. Le jour fixé et après avoir rempli une nouvelle fiche chez la secrétaire (son opération n'avait apparemment laissé aucune trace ici), elle fut introduite dans le bureau du docteur.

— Je vous écoute ! marmonna Gertrude Schwartz en examinant le dossier.
— C'est pour une visite de routine, dit Hetty, j'ai pensé qu'à mon âge, il était temps de commencer à en faire.
— Bien sûr ! Je vois que vous n'avez pas encore d'enfant…

Hetty serra les poings.

— Non, mais j'en suis entourée, étant baby-sitter à temps plein.
— Intéressant. J'ai moi-même un petit garçon d'un an. Qui vous a indiqué ma clinique ?
— Je suis née dans le quartier, précisa la jeune femme. Ici, tout le monde vous connaît.
— Un sourire de satisfaction se dessina sur le visage du Dr Schwarz.
— Venez ! Je vais vous examiner.

L'examen terminé, elle invita sa patiente à se rasseoir.

— Tout m'a l'air parfait. Appelez la semaine prochaine pour le résultat du frottis.
— Merci, dit Hetty en se levant, et si vous avez besoin de faire garder votre fils, vous avez mes coordonnées, maintenant.

— En fait… c'est surtout le samedi soir qui m'intéresse, et c'est le moment le plus difficile pour avoir quelqu'un.
— Pour moi, pas de problème. Quant à mes références, vous aurez l'embarras du choix.

Gertrude Schwarz pensa que c'était vraiment de la chance que cette fille soit venue la consulter. Une baby-sitter fiable était plus précieuse qu'un bon pédiatre… L'histoire de cette Anglaise au pair de dix-neuf ans, soupçonnée d'avoir tué le bébé dont elle s'occupait et défendue par l'avocat d'O.J. Simpson, avait fait autant de bruit que le procès de Simpson lui-même ! Cette affaire avait traumatisé l'Amérique et culpabilisé tous les parents qui travaillaient. Ça s'était passé dans le Massachusetts, l'État voisin, et la mère du bébé était médecin, comme Gertrude. Chaque quelques mois, un drame de ce genre défrayait la chronique.

Hetty attendit deux semaines. Le samedi de la troisième semaine, le Dr Schwarz l'appela pour lui demander si elle pouvait garder le petit Stevie.

— Je sais que je m'y prends à la dernière minute, mais nous venons de décider d'aller à ce dîner et…
— Pas de problème !

La jeune femme annula le rendez-vous qu'elle avait donné pour garder un autre enfant (ce qu'elle n'avait encore jamais fait) et se rendit à l'adresse des Tomlin qui la reçurent avec l'empressement qu'on manifeste à un visiteur de marque. Leur loft était splendide, leur bébé adorable et Hetty maîtrisa difficilement les bouffées de haine qui lui montaient au visage. À cause de cette femme qui avait tout, elle allait rester pauvre, seule et stérile. Combien donc avait coûté son avortement ? Peut-être que ses dollars à elle avaient servi à acheter ce beau tapis, par exemple… À l'époque, sa mère l'avait privée d'argent de poche pendant six mois. « Ça me remboursera en partie, parce que je n'ai pas à payer pour ÇA ! » lui avait-elle craché.

Le premier soir, Hetty s'occupa aussi bien de Stevie que de n'importe quel autre bébé. « Les enfants ne sont pas responsables des erreurs des grands. Ça devrait être l'inverse ! se dit-elle. Et moi, à seize ans, je n'étais qu'une enfant. » Profitant du sommeil du petit, elle prit aussi l'initiative de ranger le désordre du salon et de laver la vaisselle qui traînait dans l'évier.

Lorsque les Tomlin rentrèrent de leur dîner, ils furent impressionnés : pas de mégots dans le cendrier, pas de télévision allumée, pas de paquets de chips jonchant la table… Mais un bébé paisiblement endormi, de l'ordre partout et une cuisine propre.

— On a touché le gros lot, dit Gertrude à son mari. J'étais un peu hésitante au départ, mais une baby-sitter d'âge moyen avec une mine renfrognée et un physique revêche vaut finalement mille fois mieux que toutes ces jeunes écervelées qui se sont succédé chez nous.

— N'espère quand même pas la voir souvent, celle-là, elle doit être réservée à temps plein, lui répondit-il.

Mais Hetty accourut à chaque coup de fil des Tomlin. Ravis de l'aubaine, ces derniers la sollicitèrent de plus en plus souvent et elle attendait son heure…

Un soir, au moment de son arrivée, elle surprit Gertrude parlant au téléphone.

— Absolument ! s'exclamait celle-ci, la pauvre fille ne voulait pas garder l'enfant, mais j'ai réussi à la convaincre de ne pas faire d'interruption de grossesse. C'est traumatisant pour le physique comme pour le moral, surtout à l'âge qu'elle a. Mon mari est avocat et il est continuellement sollicité par des couples qui veulent adopter un bébé de race blanche.

La jeune femme se sentit étouffer. Pourquoi ne pas lui avoir donné ce choix, à elle aussi ? Un film de cinéma parmi les centaines qu'elle avait déjà vus lui vint alors à l'esprit. C'était l'histoire d'une femme enceinte dont le mari, gynécologue de profession, s'était suicidé à la suite d'une accusation de harcèlement sexuel. Secouée par le choc, celle-ci avait fait une fausse-couche et était devenue stérile. Pour se venger, elle avait réussi à se faire engager comme nounou chez la femme qui avait accusé son mari et avait alors tenté de détruire sa famille. Hetty avait particulièrement été marquée par la scène où, dans un parking de supermarché, la fausse nounou avait poussé un lourd chariot en direction de son ennemie enceinte pour lui faire perdre son bébé. Elle s'était alors demandé ce qu'elle aurait elle-même fait à la place de cette femme, et voilà qu'elle se retrouvait dans une situation *presque* similaire !

Gertrude Schwarz ne l'avait même pas reconnue lorsque, pour la première fois depuis son avortement, elle avait remis les pieds dans sa clinique. Mais à l'époque, l'avait-elle seulement regardée ? Chez ces gens-là, on casse et on passe… Et quand les Tomlin lui demandèrent de les accompagner en Floride pour s'occuper de Stevie, elle accepta tout de suite. Ils en furent heureusement surpris. Ceci leur permettrait d'avoir les mains libres pour prendre contact avec une agence immobilière et faire la tournée des propriétés à vendre.

⁂

Jonathan promit aux Tomlin de trouver la maison qui leur conviendrait et nota le numéro de leur chambre au Best Western. Il se promit aussi de rester aux aguets concernant la nounou. Une fois de plus, la sixième depuis février, le premier contact physique avec une personne inconnue lui avait été insupportable. Et cette fois, c'était le tour de cette fille à l'air revêche.

« Depuis mon installation ici, les coïncidences se bousculent et cette histoire de mains brûlantes me poursuit, se dit-il. Pour Nonna, le message du vieux mage est clair : la petite Gemma se réveillera de son coma lorsque j'aurai fait éviter à sept personnes de perdre leur âme en commettant des assassinats… C'est aussi fou que ça, mais à ce stade, je veux bien le croire. Le problème est que si rien de bon ne finit par arriver à la petite, j'aurai vécu une série de situations absurdes sans queue ni tête. »

Le lendemain était un samedi et Jonathan le passa à fouiller dans Google avec l'acharnement d'un serrurier qui tente de trouver la clé d'un coffre-fort. En tapant le mot « mage », il avait obtenu près d'un million de résultats, et le dimanche soir, son cerveau était devenu comme un ciel familier envahi par des objets non identifiés… Prédictions, prophéties, âmes à sauver, bilocations, guérisons spontanées, lectures dans les pensées… Il avait eu droit à tout ! De quoi mettre KO le conte de fées le plus corsé.

« Aucune vie privée, avec ces types ! » se dit-il pour masquer son incompréhension, mais il était troublé. Et si tout cela était vrai ?

Et si lui devait vraiment faire éviter sept assassinats pour gagner la vie de Gemma ? Étrange comptabilité céleste !

Pouvait-il exister une règle cachée qui donnait la possibilité et le choix à certains hommes d'en sauver d'autres ? Une règle essentielle à la survie spirituelle de l'espèce ?

« Et voilà que je me prends pour un Rambo des âmes, maintenant ! » pensa Jonathan, ses idées en compote. Ses doutes avaient la vie dure, mais il était prêt à payer cher pour les faire voler en éclats et il se sentait comme dans ce film où un gardien de musée voyait chaque nuit toutes les statues et peintures exposées prendre vie avant de retrouver leur état d'objets inanimés à l'heure de l'ouverture des guichets. Qui voudrait, après avoir assisté à cela, redevenir un gardien de jour ?

Il faut beaucoup plus de courage pour revenir à sa réalité que pour la quitter.

⁂

Jonathan trouva rapidement aux Tomlin trois très bonnes occasions à saisir. Ils en choisirent une et demandèrent quelques jours de réflexion avant de finaliser. Pour le remercier de ses efforts, Gertrude l'appela un samedi matin afin de l'inviter à déjeuner au Gladys Everglades, un immense restaurant situé au bord de l'eau, entre Naples et Marco Island. Ils décidèrent de se retrouver là-bas vers treize heures. Le Gladys Everglades servait le meilleur consommé de moules de la région. Il faisait partie d'un nouveau complexe de luxe et on y venait en famille d'aussi loin que Fort Lauderdale. Jonathan arriva un peu tôt et pénétra dans le parking mitoyen au restaurant : une grande esplanade bordée par des eaux quasi stagnantes. Il trouva une place tout près de l'entrée, aperçut au loin les Tomlin qui venaient apparemment d'arriver aussi et se dirigea vers eux. Debout près du bord de l'eau, Mrs Tomlin observait les crocodiles tandis que son mari sortait du coffre de sa voiture la grosse poussette d'enfant que la nounou déplia pour y coucher le bébé. Soudain, Jonathan vit celle-ci foncer sur Gertrude Schwarz qui avait toujours le dos tourné et hurla avant de comprendre ce qui arrivait. La gynécologue se retourna et bondit de côté tandis, que ratant sa cible, la nounou s'arrêta *in extremis* à l'endroit où se tenait sa patronne deux secondes plus tôt, les deux roues avant de la poussette tournant dans le vide.

Jonathan se figea, tétanisé. Gertrude Schwarz poussa un cri et fit un pas en direction de son fils, mais Hetty hurla : « Restez où vous êtes ! » Les dos de deux alligators pointaient à la surface de l'eau. Derrière le coffre refermé de la voiture, le mari observait la scène bouche bée. La tête tournée vers le couple, Hetty ne pouvait pas voir Jonathan qui était arrivé par la gauche et tentait de réfléchir. S'il s'approchait pour la prendre par surprise, elle pourrait lâcher la poussette dans le vide et il n'avait pas le droit de faire prendre un tel risque à l'enfant. On était dans les Everglades et les alligators actionneraient leurs mâchoires en quelques secondes.

Pendant une minute qui parut interminable au jeune homme, tous les quatre restèrent figés. Même le petit ne pleurait pas. Ça ressemblait à ce jeu où les participants font les pitres sur fond de musique endiablée avant de devoir brusquement suspendre leurs gestes à l'arrêt du son.

De loin, leur groupe devait avoir l'air d'une famille en train d'admirer le paysage avant d'aller déjeuner. La porte principale du restaurant n'était qu'à une centaine de mètres, mais il y avait peu de chances qu'une voiture arrive dans leur direction puisque de ce côté-ci, il n'y avait plus de places libres. De plus, à treize heures, les gens étaient déjà en train de manger.

Toutes les conditions étaient réunies pour qu'ils restent seuls un bon quart d'heure… Seuls avec les alligators.

— Que vous a-t-il fait ? demanda Gertrude Schwarz d'une voix chevrotante, les mains pressées sur la poitrine.
— Lui, rien ! aboya Hetty, c'est *vous* qui m'avez détruite ! Je voudrais juste vous rendre la politesse.
— Moi ?
— Hetty Teufel, seize ans, enceinte de seize semaines, interruption involontaire de grossesse. Hetty Teufel, trente-deux ans, stérile, synéchie totale causée par curetage bâclé, hacha la jeune femme.

— Pas chez moi ! s'exclama la gynécologue.
— Bien sûr que si ! Mais comme je n'étais pour vous qu'un ventre à charcuter, vous n'avez même pas pris la peine de me regarder. Combien avez-vous été payée ? 300 dollars ? 400 dollars ? L'équivalent du prix de cette poussette de luxe dans laquelle je promène votre bébé.
— Vous devez faire erreur…
— Et vous n'avez même pas pris la peine de me demander mon avis ni de tenter de parler à ma mère. Même pas pris la peine de faire correctement votre travail ni même d'imposer une visite de contrôle – une seule ! Mais pour quoi faire ? Je n'étais qu'une adolescente paumée. M'auriez-vous traitée de la même manière si j'avais été la fille d'amis à vous ou celle d'une riche cliente ?
— Je suis médecin, balbutia Gertrude
— Médecin en quoi ? cracha Hetty, en honoraires ? « Lésions de l'utérus causées par geste chirurgical agressif », m'a-t-on dit à l'hôpital pour simplifier. Stérilité garantie avec solitude et désespoir à la clé : c'est simple à annoncer.
— Écoutez… tenta d'intervenir Dan Tomlin, au bord de l'apoplexie, je suis avocat et je vous comprends. Une erreur médicale est une malchance injuste, mais je vous en prie, je suis sûr que vous vous êtes déjà attachée à Stevie qui n'est responsable de rien.

— La solitude est pire en prison, dit Jonathan, attirant l'attention de la nounou.

Celle-ci tourna la tête vers lui et hurla :
— Pas un pas de plus ou je laisse tomber l'enfant ! Je suppose que les alligators préfèrent les bébés aux rats musqués.

Les Tomlin poussèrent un cri et le jeune homme leva les mains en l'air.

— Je ne bougerai pas.

Soudain, le petit se mit à pleurer.

— Ramenez la poussette en arrière, conseilla doucement Jonathan. Vous semblez beaucoup aimer les enfants. Je suis sûr que vous êtes incapable de leur faire du mal.
— C'est elle que je voulais pousser en avant pour l'offrir à ces bestioles, dit Hetty en désignant du menton Gertrude Schwarz puis l'eau stagnante, même si sa chair aurait empoisonné les pauvres bêtes.
— Les enfants doivent vous aimer autant que vous les aimez, poursuivit-il sans relever.
— Plus ! s'exclama la jeune femme avec des trémolos dans la voix, mais mes enfants à moi ne m'aimeront jamais ! Madame le docteur s'en est chargée.

— Laissez ces gens partir… Ils ont su ce qu'ils devaient savoir.
— Je ne me souviens de rien, dit la gynécologue en tremblant. Je… on vous donnera de l'argent, on fera ce que vous voulez.
— Ce que je veux, vous me l'avez pris. Allez au diable !
— Les sanglots du bébé s'étaient maintenant transformés en hurlements.
— Laissez-moi le prendre. Moi, je vous comprends, dit calmement Jonathan en faisant un petit pas en direction de Hetty.
— Personne ne peut comprendre, répondit-elle, au bord des larmes. Je n'ai jamais compté pour personne. Seuls les enfants que je n'ai pas m'auraient toujours aimée ! Ceux que je ne fais que garder m'oublient le lendemain du jour où je ne viens plus chez eux.
— Je comprends, répéta le jeune homme en faisant un pas de plus, je n'ai pas d'enfant moi-même.
— Mais vous en aurez, sanglota Hetty en le laissant s'approcher. Et *elle* va s'acheter sa villa et y aménager une chambre de bébé pour ce précieux fils qu'elle a eu tant de mal à avoir, alors que la vie que porte une adolescente paumée a tellement moins de valeur… Puis elle ira récupérer son loft de Buffalo et sa clientèle huppée – les erreurs médicales, ça ne compte pas quand personne n'est au courant – et tentera d'oublier cette démente qui a

travaillé chez elle durant quelques mois. « Au revoir, mademoiselle, et désolée de vous avoir connue. Vous avez troublé pendant quelques minutes notre parfaite petite famille. »

Jonathan n'était plus qu'à deux pas d'elle, les mains derrière le dos.

— Je comprends, répéta-t-il simplement.

Les yeux brouillés de larmes et tremblant comme une feuille, elle ramena vers la terre ferme la voiturette du bébé qui pleurait de plus belle et la poussa en direction du jeune homme.

Gertrude Schwarz fonça comme une folle pour prendre son fils dans ses bras et hurla à son mari :
— Appelle la police !

Tomlin s'approcha de sa femme et l'entraîna en arrière.

— Dieu soit loué, souffla-t-il.
— Appelle la police ! lui répéta Gertrude, hystérique.
— Je ne pense pas qu'une affaire parlant d'avortement sur mineure et de stérilité puisse nous être bénéfique… On ne peut pas se

permettre le moindre scandale. Stevie est sain et sauf, filons d'ici !

Les Tomlin s'engouffrèrent dans leur voiture sans récupérer la poussette du bébé et sans un mot pour Jonathan qui resta les bras ballants en face de Hetty, mi-soulagé, mi-choqué. Cette dernière avait les épaules secouées par les sanglots.

— Je vous raccompagne en ville, lui dit-il doucement.
— Vous allez me faire arrêter ?
— Ce n'est pas mon rôle.
— Vous savez, reprit-elle, je n'aurais *jamais* fait de mal à l'enfant. Jamais ! Mais à *elle*, si.
— Je sais. Venez, maintenant.
— Et pour aller où ? À Buffalo où ma place m'attend, ou bien dans votre agence pour investir dans une villa ? demanda la jeune femme d'une voix étranglée.
— Naples n'est pas le genre d'endroit où on se dispute les nounous, répondit-il gravement, par contre, j'y connais pas mal de personnes âgées qui cherchent à engager quelqu'un pour briser leur solitude.
— Qui donc va accepter d'installer chez lui une inconnue comme moi ? demanda-t-elle amèrement.
— Je pense à l'une de mes clientes qui cherche une dame de compagnie. C'est une femme bien.

— Et vous me recommanderiez malgré la scène à laquelle vous venez d'assister ? s'étonna Hetty.
— Peut-être à cause d'elle, soupira Jonathan.

Vers quatorze heures, les premiers clients qui quittèrent le Gladys Everglades pour récupérer leur voiture furent étonnés de voir cette grosse poussette d'enfant abandonnée si près du bord de l'eau.

— Que de gens irresponsables ! fit remarquer une femme à son mari.

⁂

« Do do, maman et papa sont allés danser au bal du roi ;
Do do, moi qui ne suis pas assez belle, je reste avec toi.
Do do, le prince les emportera sur son beau cheval blanc ;
Do do, et tu deviendras pour toujours mon petit enfant.
Et que San Giorgio qui garde et San Rocco qui veille
Parsèment tes nuits d'étoiles et protègent ton sommeil. »
(Berceuse du pays jadis fredonnée par Nonna)

— En retard de dix minutes ! s'exclama Jonathan quand sa grand-mère lui répondit enfin, sa tasse de cappuccino à la main. Je commençais à m'inquiéter.
— Je bavardais avec Francesca à la porte du jardin ; il fait un temps magnifique. Et ne t'en fais jamais pour moi ! L'inquiétude est une de mes prérogatives, jusqu'à nouvel ordre.

— Et de six ! lui dit-il en parlant de Hetty Teufel.

— Ai-je encore besoin de te convaincre de quoi que ce soit ? demanda Clara Lucia d'une voix émue après avoir écouté toute l'histoire.

— Plus à ce stade, avoua-t-il, mais nous verrons comment tout ceci va se terminer.

— Le ciel n'intervient pas tous les jours dans nos nuits, mais quand il le fait, l'absurde n'est jamais au programme.

— Jolie formule ! Je vais tenter d'y croire. Comptes-tu faire un saut ici cet été ?

— Pas avant la fin de ton saut d'obstacles, répondit Nonna.

— C'est vraiment le terme adéquat. Je croyais que c'était moi, le publicitaire de la famille.

— Pour l'instant, tu es plutôt *l'élu* de la famille.

— L'élu du *pays*, tu veux dire... Je suis probablement le seul citoyen américain en train de vivre une histoire pareille !

— Comptes-tu prendre quelques jours de congé cet été ?

— Quel congé, alors que votre mage me fait faire tous ces exercices ?

— Nonna sourit.

Tu ne te remarieras point !

Anna Settine avait tout juste soixante et un ans – plus jeune que son mari Bill d'une dizaine de mois seulement. Ils s'étaient mariés à l'issue de leurs études universitaires et s'étaient installés à Miami où un oncle célibataire et patron de société avait pris Bill sous son aile. Quinze ans plus tard, ce dernier avait fini par hériter de la société qu'il avait continué à gérer de main de maître.

Les Settine avaient eu quatre enfants et Anna était restée au foyer pour s'occuper d'eux et pour organiser une vie sociale trépidante. En trente-cinq ans, les semaines libres d'invitations données ou reçues pouvaient se compter sur les doigts d'une main… Et puis il y avait les vacances qui se passaient invariablement sur l'un des gros bateaux de croisière qui avaient Miami pour port d'attache. Le genre d'existence aussi luxueusement rangée qu'un vaisselier contenant de la porcelaine précieuse.

⁂

Avoir quatre enfants bien mariés, ce n'était pas rien ! En ce jour de juillet, assise dans le petit bureau attenant à sa chambre à coucher, Anna était en train de méditer sur cette chance en établissant sa liste d'invités pour la fête qu'elle donnait à l'occasion des soixante-deux ans de Bobby. Installés tous à New York, les enfants avaient promis de venir et elle se réjouissait d'avance de recevoir ses trois petits-fils et ses deux petites-filles. Composée d'une douzaine de pièces réparties sur trois étages et dotée de mille mètres carrés de pelouse, la maison était assez grande pour dix familles.

Soixante-deux personnes furent conviées à l'anniversaire de Bobby : exactement le nombre d'années qu'il fêtait, et en guise de cadeau, sa femme lui offrit soixante-deux bouteilles de son vin préféré : un Cabernet Sauvignon de Californie.

Tout le monde trinqua à la santé d'Anna qui restait fraîche comme une jeune fille, et à celle de Bobby qui ressemblait à Ted Turner avec quinze ans de moins. Un couple dont la longévité faisait des envieux.

Treize jours exactement après la réception, un vendredi matin, après avoir pris le café avec Bobby et l'avoir accompagné jusqu'à sa voiture, Anna monta s'habiller dans sa chambre pour se rendre à une réunion du Sporting Club dont elle était la présidente. Posées côte à côte sur son oreiller, une boîte en velours bleu roi et une enveloppe mauve attirèrent son attention. Intriguée, elle ouvrit la boîte et resta éblouie. Une rivière de saphirs, sa pierre préférée, était lovée dans un écrin de satin.

Bobby était très conventionnel et ne lui offrait de cadeau qu'à Noël, à son anniversaire et à celui de leur mariage. Ce geste hors saison lui fit monter les larmes aux yeux. Peut-être qu'avec l'âge, il devenait plus sentimental… Ils allaient bientôt fêter leurs trente-cinq ans de vie commune, après tout !

Elle sentit une bouffée de tendresse lui monter à la gorge et se saisit de l'enveloppe, persuadée d'y trouver une carte Hallmark «*to my dear wife*» accompagnée d'un texte émouvant à lire. Elle aussi devenait plus sentimentale avec l'âge…

« Chère Anna, disait la lettre insérée à la place de la carte dans la jolie enveloppe mauve, je suis un vieil ours maladroit doublé d'un lâche, et cette lettre remplace les mots que je n'ai pas trouvé le courage de te dire de vive voix. » Seigneur ! se dit Anna, glacée jusqu'au sang, il doit être atteint d'une maladie grave.

« J'ai une liaison avec Tracy depuis presque trois ans et j'ai décidé de quitter la maison pour vivre avec elle. » Quoi ? C'est une plaisanterie et il se moquera de moi dans les lignes suivantes pour avoir cru à un bobard pareil. Je vais sûrement lire maintenant : « Tu as cru à ça une fraction de seconde ? Que tu es bête ! Tracy est plus jeune que notre fille et toi, tu es mon Unique ! Ce soir, j'ai réservé au China Grill pour que tu étrennes ton nouveau collier. »

« J'ai beaucoup réfléchi, hésité, réfléchi… et je dois maintenant sauter le pas. » Le bobard continue !

« Mon intention a toujours été de t'éviter de souffrir, et j'ai tout fait pour que tu ne te doutes jamais de rien. » Douter de quoi ? Rien n'a jamais changé dans notre vie conjugale ! Il pousse la plaisanterie un peu loin.

« Mais je l'aime et avec elle, je redeviens le Bobby de trente ans. » Sauf que tu n'as pas trente ans, imbécile, mais plus du double !

« Nous aurions pu continuer longtemps comme ça, elle et moi, mais elle vient de m'apprendre qu'elle est enceinte. » Enceinte de lui ? Tracy ? Sa secrétaire de vingt-huit ans ? C'est quoi, ces aberrations ?

« Je sais que tu vas penser que c'est une histoire lamentablement banale qui ne nous ressemble pas. Je l'ai longtemps pensé aussi ! Mais c'est arrivé et je veux assumer mes responsabilités. » Les seules responsabilités que tu as, espèce de salaud, sont envers cette fichue maison et la vieille cruche qui y habite !

« Essaye de me comprendre, si tu peux. » Bien sûr que je peux ! Un patron digne de ce nom n'a pas le droit de laisser pourrir dans le célibat une employée modèle… Pauvre petite ! Ne t'en fais pas, chéri, j'ai l'esprit aussi large qu'une gueule de crocodile.

« Je ferai en sorte que tu n'aies jamais besoin de rien. » Et je ferai en sorte qu'il ne te reste rien !

« Je parlerai aux enfants ce week-end… » Moi bien avant ! Je voudrais avoir le privilège de leur annoncer la naissance imminente d'un petit frère ou d'une petite sœur. Y a-t-il plus beau cadeau à offrir à un enfant de trente-cinq ans ?

« Je passerai la semaine prochaine pour prendre mes affaires… » Elles n'y seront plus dans cinq minutes.

« … et je suis profondément désolé. Je sais que je suis en train de t'assener un coup terrible… » Pas du tout ! Pourquoi il dit ça ?

« … auquel tu ne pouvais pas t'attendre. Et je m'en veux beaucoup de ma lâcheté, de ne pas avoir eu le courage de te dire tout ça en face. Je sais bien que c'est prématuré de le mentionner, mais je serai là à chaque fois que tu auras besoin de moi. » C'est beau !

« Et peut-être qu'un jour, tu pourras me pardonner… » Pas de problème ! Ça arrivera pendant ta messe de *requiem*, si elle ne tombe pas pendant ma partie de bridge.

« Bobby. »

⁂

Anna et Bobby étaient amis d'enfance comme dans les chansons et les films, comme dans ce quartier de La Nouvelle-Orléans où ils étaient nés à une année et à une maison d'intervalle. Leurs copains étaient si nombreux que mis bout à bout, ils faisaient la longueur de la rue. Il y avait le frère de Bobby, les sœurs d'Anna, cinq ou six cousins et une vingtaine de voisins qui appartenaient au même groupe, étudiaient dans le même lycée, faisaient les mêmes bêtises. Mais depuis le début, depuis qu'à l'âge de quatre ans, ils allaient main dans la main à l'école, Anna Lerouge et Bobby Settine étaient inséparables. Ils avaient fait leurs études universitaires ensemble, s'étaient mariés, avaient déménagé à Miami où Bobby avait été engagé par son oncle et s'étaient offert trente-cinq ans d'une vie peu commune puisque dotée du meilleur seulement : famille, santé, argent. S'étant répartis les zones d'influence depuis le premier jour (l'intérieur pour Anna, l'extérieur pour Bobby), ils avaient bâti une relation dont la sérénité les satisfaisait tous les deux.

Anna avait toujours eu du mal à comprendre comment ceux de leurs amis qui montaient sur le ring des procédures de divorce trouvaient le moyen de se recharger. Elle pensait que se compliquer une vie aussi courte quand on pouvait choisir de rester tranquille au prix de quelques concessions, ce n'était que de la déperdition d'énergie ! D'autant plus que les seconds mariages, gagnés sur les champs de bataille des premiers, finissaient souvent par devenir de piètres trophées. Pour elle qui avait toujours considéré la vie conjugale comme une sorte de « repos du guerrier », aucune bataille, à moins d'être vitale, ne valait la peine d'être menée. Par chance, son mariage avec Bobby avait connu le « repos » sans avoir jamais eu à guerroyer… Une bénédiction !

Puis un jour, cinquante-sept ans après leur toute première rencontre (à la maternelle), quarante-trois ans après leur premier flirt, trente-cinq ans après le jour de leur mariage, treize jours après les soixante-deux ans de Bobby, cette lettre sur l'oreiller...

⁂

Anna se débarrassa de toutes les affaires personnelles de son mari – jusqu'à son verre de whisky préféré – en exactement trois heures de temps. Il n'eut donc pas à se déranger pour venir récupérer quoi que ce soit. Et après avoir appelé les enfants pour leur lire, sans commentaire, la lettre de leur père, elle fit imprimer un faire-part qu'elle envoya par la poste à toutes leurs connaissances : « Mrs Anna Settine, née Lerouge, a le plaisir de vous annoncer le décès de son mari, Bobby Settine. L'office funèbre sera célébré le mardi 24 août au sein des bureaux du défunt, à dix heures trente précises. Tracy, sa secrétaire éplorée, recevra les condoléances sur place. Venez nombreux. Quant aux amis de Bobby qui ont eu le privilège de fêter avec lui, trente-cinq ans plus tôt, l'enterrement de sa vie de garçon, ils sont tous invités à se rendre au Sporting Club ce samedi 28 août à vingt et une heures pour fêter l'enterrement de sa vie de mari. Fleurs et couronnes à volonté. À envoyer au bureau durant les heures ouvrables. »

D'abord scandalisées par ce courrier, puis amusées, les connaissances des Settine en firent des gorges chaudes. Anna passait désormais toutes ses nuits les yeux ouverts, à imaginer les pires tracas à infliger à son mari. Quand elle fut à court d'imagination, elle fonça toutes griffes dehors dans la procédure de divorce, utilisant l'énergie qu'elle avait économisée pendant des années... Son but principal était désormais de ruiner Bobby afin de rendre ses tempes argentées beaucoup moins attirantes pour sa secrétaire.

Malgré leur profond malaise, les enfants tentèrent de raisonner un peu leur mère, mais sans succès. Tout la rendait malade de rage : la solitude (après trente-cinq ans de bons et loyaux services) qui lui donnait l'impression d'être une nounou mise à la retraite par ses employeurs; le collier et la lettre de rupture posés ensemble sur l'oreiller, comme un lot de consolation assorti d'un licenciement sans préavis; le fait d'être remplacée par une pimbêche à peine lettrée à laquelle elle ne jetait même pas un coup d'œil lorsqu'elle rendait visite à Bobby au bureau; le passage de l'état d'épouse enviée, d'hôtesse admirée, de présidente du Sporting Club, de femme la plus élégante de Miami... à celui de vieille.

⁂

Contrairement à toutes ses amies, Anna n'avait jamais fait cas de son âge. Mariée jeune, quatre fois maman, n'ayant jamais eu à éprouver la fidélité de Bobby et n'ayant jamais été tentée de le tromper non plus, son physique avait représenté pour elle une image sociale plus qu'un élément de séduction.

Le passage des années avait eu pour seul effet de lui faire adopter – vers la quarantaine, puis avant la soixantaine – des vêtements et des coupes de cheveux plus seyants. Sans autre état d'âme…

Mais quelques semaines après le départ de Bobby, debout devant l'impitoyable miroir de sa salle de bain et pour la première fois depuis des lustres, elle passa une dizaine de minutes à s'observer avant de rentrer dans sa baignoire. Ce qu'elle vit lui sembla soudain inacceptable : varicosités qui enguirlandaient les jambes, intérieur des cuisses qui plissait, ventre ramolli, seins tombants, peau flasque sous les bras, empâtement du visage et rides ! Soixante et un ans de dégâts malgré la vie aisée, le club de gym et les crèmes achetées à prix d'or dès l'âge de trente ans.

Elle ferma les yeux pour effacer ce physique qui lui convenait encore quelques semaines plus tôt, mais l'image de la vieille femme du miroir fut remplacée sous ses paupières closes par l'image d'une Tracy aux chairs fermes et au ventre bombé de future maman, et elle se laissa tomber dans l'eau tiède de son bain, regrettant de ne pas être de nature soluble pour s'y désintégrer.

⁂

Peu à peu, malgré le soutien de ses meilleures amies et les millions soutirés à son ex-mari, Anna s'enfonça dans une amertume mêlée de révolte. Au restaurant, croiser un couple d'âge mûr dînant en tête-à-tête lui coupait l'appétit, et le fait même d'entendre parler quelqu'un de vie conjugale lui soulevait le cœur…

Et surtout, surtout, elle avait strictement interdit à ses enfants et à ses connaissances de lui donner *n'importe* quelle nouvelle de Bobby. Elle ne voulait rien apprendre et se connaissait assez pour savoir que le plus petit détail concernant « l'heureux couple » l'obséderait des mois entiers… Pourtant, pensant crever cet abcès qui empoisonnait Anna, l'une de ses amies dont le fils travaillait chez Bobby lui apprit un jour au téléphone que Tracy avait envoyé des invitations pour le baptême de son bébé de cinq mois, Bobby Junior. La cérémonie devait se passer à Naples où habitaient les grands-parents.

— Je vous avais fait jurer de ne jamais rien me dire à propos de ce salaud et de sa potiche ! écuma Anna, folle de rage.
— Mais… ça fait presque un an et…
— Et… quoi ? Un an en efface trente-cinq, et hop ! Le compte est bon ?
— Je pensais que… balbutia l'amie, gênée.
— … que je devrais courir m'acheter un tailleur Donna Karan pour assister au baptême ? Me rendre chez Oshkosh pour choisir un cadeau ? Proposer d'être la marraine du chérubin ?
— Mais non… bien sûr que non.
— Alors quoi ? haleta Anna. Pour quelle raison me donner ces excellentes nouvelles de la famille, mis à part l'envie de te délecter de ma réaction ?
— Mais enfin… Tu aurais de toute façon…
— *Go hell!* hurla-t-elle avant de jeter son portable à l'autre bout de la pièce.

L'ex-madame Settine ne put fermer l'œil cette nuit-là, ni les suivantes. Ses enfants ne lui avaient pas parlé de la naissance du bébé, et elle avait secrètement espéré une fausse-couche. Jusqu'à ce jour, les contacts avec son « défunt mari » ne s'étaient faits que par avocats interposés et elle avait pu se protéger en rompant tout contact avec leurs amis communs (lesquels, d'ailleurs, avaient pris les devants). Elle avait aussi démissionné du Sporting Club et avait interdit à son entourage de lui parler de Bobby – même s'il se retrouvait (par chance) aux soins intensifs.

Anna avait tenté de se construire en plein Miami une tour imperméable aux nouvelles qu'elle ne voulait pas connaître, espérant que cette tour resterait debout aussi longtemps que nécessaire…

Et voilà que cette pouffiasse avait tout détruit en un coup de fil. Bobby Junior ! Ils l'avaient appelé *Bobby Junior* ! Et ils donnaient une fête de baptême où se retrouveraient, probablement, la plupart de ses ex-relations. Et on penserait à elle avec pitié. Et on s'extasierait devant le bébé en disant qu'il ressemblait à son père. Et ce dernier se rengorgerait comme un imbécile. Qu'ils crèvent tous !

Et au moment où tout le monde serait en train de se féliciter autour d'un buffet, elle serait probablement postée devant son poste de télévision, écoutant un *talk-show* débile, le visage tartiné de crème antirides et prête à aller dormir seule dans son lit *queen size*… La *queen* des imbéciles, oui ! C'est ce qu'elle avait été pendant trente-cinq ans. Plus d'un tiers de siècle passé à traiter monsieur comme un coq en pâte, à être la « fée du logis ». « Ma chérie, je te dois tout ! » disait-il. Et voilà comment il la remboursait la soixantaine venue… Qu'il crève !

⁂

Naples n'était qu'à quelque deux heures trente de voiture de Miami, de l'autre côté du golfe du Mexique, en ligne droite, et se renseigner sur le jour et l'endroit de la cérémonie de baptême fut un jeu d'enfant. Anna n'eut qu'à appeler une vieille connaissance (sûrement invitée) pour lui confier qu'elle avait quelqu'un de nouveau dans sa vie et aimerait savourer une petite revanche en se rendant accompagnée au baptême du fils de Bobby. Celle-ci goba tout et s'empressa de donner les détails imprimés sur la carte d'invitation en espérant quelque incident croustillant.

— Samedi 23 juillet, cérémonie religieuse en l'église Sainte-Anne à onze heures trente et déjeuner assis dans les jardins du Naples Purple Crown à douze heures trente, lui débita-t-elle avec délectation.

Le matin du jeudi 21 juillet, Anna Lerouge, ex-Settine, jeta quelques affaires dans le coffre de sa Chrysler décapotable et fila vers Naples. Cela faisait une éternité qu'elle n'avait pas pris le volant pour se rendre aussi loin. C'était toujours Bobby qui conduisait et depuis son départ, elle n'avait plus bougé de Miami.

⁂

Le Red Lobster où venait de déjeuner Jonathan était à moitié vide. Il n'était que midi et demi, mais le jeune homme avait rapidement avalé son repas pour faire les soixante-six kilomètres qui le séparaient de Fort Myers où il avait rendez-vous. Dans le parking où l'attendait sa Toyota, il trouva une Chrysler décapotable garée tout à côté avec un pneu plat. Adossée à la voiture, une dame élégamment vêtue semblait désemparée.

— Puis-je vous aider ? demanda-t-il.

La femme, qui devait avoir une soixantaine d'années, lui indiqua sa roue avec un air tellement consterné que ça le fit sourire.

— Ce n'est qu'un pneu crevé, remarqua-t-il, injectez-lui un peu d'air et allez chez le garagiste.
— J'ai essayé, mais ça n'a pas marché.

Jonathan soupira. En quelques mois, il avait dépanné plus de conductrices sexagénaires à Naples que de raison !

— D'accord, dit-il, voyons cette roue de secours…

Il permuta les pneus en dix minutes et indiqua à la dame l'adresse de son propre garagiste qui était tout à côté.

— C'est tellement gentil à vous ! s'exclama celle-ci en lui tendant une boîte de lingettes humides et… heu… je viens d'arriver en ville, connaissez-vous le Naples Purple Crown ?

Il lui indiqua l'adresse de l'hôtel et elle lui serra la main avec effusion.

— Anna Lerouge, se présenta-t-elle, et merci encore pour votre aide. Je vous avoue que je n'ai jamais changé de pneu de ma vie. Je n'étais même pas sûre d'avoir une roue de secours.
— Jonathan Jackson, se présenta-t-il à son tour d'une voix blanche et hachée.

La main de Mrs Lerouge était aussi brûlante qu'un marron tiré du feu.

⁂

Jonathan rentra de Fort Myers à huit heures du soir et ne put se résoudre à regagner directement son appartement. Il n'avait cessé de penser à cette femme tout l'après-midi, incapable de se concentrer sur quoi que ce soit d'autre, et décida sur un coup de tête d'aller dîner au restaurant du Naples Purple Crown.

L'hôtel était un cinq étoiles qui venait d'ouvrir : une tour parfaitement ronde d'une trentaine d'étages, entourée d'un parc somptueux à la végétation luxuriante. Il prit l'ascenseur panoramique qui montait jusqu'au restaurant tournant perché au sommet et coiffé d'un toit en forme de couronne. Les chambres devaient être luxueuses et les prix inscrits sur le menu qu'on posa devant lui avaient de quoi couper l'appétit. Il commanda le plat le plus simple et admira la décoration. D'énormes lustres en cristal pendaient d'un plafond tendu de tissu parme et les parois entièrement vitrées de la salle étaient séparées à intervalles réguliers par de larges bandes verticales de vitrail violet. En plein jour, la luminosité de l'endroit devait être magique.

À vingt et une heures trente passées, Jonathan pensa qu'Anna Lerouge – si elle était bien descendue ici – ne viendrait pas dîner. Elle avait peut-être l'habitude de se coucher à jeun ou de bouder les cuisines d'hôtel… Il paya sa note, mais par acquit de conscience, il fit un crochet par la réception avant de quitter l'établissement. Oui, madame Lerouge était bien arrivée et occupait la chambre 310.

Sans même réfléchir, il composa le numéro de la chambre.

— Euh… Bonsoir, madame, balbutia-t-il, Jonathan Jackson à l'appareil. Désolé de vous déranger, mais je viens justement de dîner au dernier étage et j'ai pensé vous appeler pour… En fait, je suis agent immobilier. Et dans le cas où vous êtes venue à Naples pour acheter une propriété…
— Il est vingt et une heures trente, répondit Anna, surprise. De deux choses l'une : soit vous êtes en train de me draguer, soit vous êtes l'agent immobilier le plus consciencieux de Floride. Notre différence d'âge me fait pencher pour la deuxième possibilité.
— J'avais prévu de venir manger ici après mon dernier rendez-vous, précisa le jeune homme en s'éclaircissant la voix.
— Terminer vos journées de travail par des repas dans les restaurants de grands hôtels ne rassure pas sur le coût de vos prestations… Quant à moi, je m'apprêtais à prendre un verre et quelques crackers au bar en guise de dîner.
— Puis-je vous y rejoindre ?
— Si vous voulez.

Jonathan fut soulagé. Il ne rentrerait pas bredouille chez lui et pourrait peut-être savoir pourquoi cette femme était arrivée seule à Naples. Elle avait l'air d'être parfaitement équilibrée et sans cette poignée de main, à midi, il aurait été à présent installé devant son poste de télévision, sirotant un verre de whisky après un dîner qui ne lui aurait certainement pas coûté 120 dollars !

Anna Lerouge arriva quelques minutes plus tard, vêtue d'une robe noire très simple agrémentée d'un beau collier de saphirs. Son visage non maquillé contrastait avec celui des autres femmes présentes au bar et apprêtées comme des reines de Saba.

— Bonsoir ! dit-elle en tendant la main à Jonathan.

Celui-ci ne put que tendre aussi la sienne, et la brûlure qu'il ressentit de nouveau lui coupa le souffle.

Après avoir commandé deux vodkas orange et une assiette de minitoasts, il s'enfonça dans son fauteuil, ne sachant que dire pour entamer la conversation.

— Ainsi, vous avez tout de suite vu en moi une cliente potentielle… constata ironiquement Anna.
— Eh oui ! Comme c'est le moment d'acheter, beaucoup de visiteurs ne viennent à Naples que pour acquérir une…

— … maison de fin de parcours, enchaîna-t-elle, je suppose qu'on peut l'appeler comme ça. Et comme vous avez vu que j'en avais l'âge, apparemment les moyens aussi, et que je venais d'arriver seule…

Jonathan se tortilla dans son siège, gêné.

— Oh, vous savez, poursuivit Anna, la trentaine d'années que j'ai de plus que vous exclut tout autre prétexte pour susciter votre intérêt. Quoique… si ces années avaient pesé de votre côté, elles n'auraient rien exclu du tout ! À soixante printemps et quelques, un homme, lui, n'est pas obligé de tenir ce genre de comptabilité. Bon, je m'égare, mais tout en vous félicitant pour votre professionnalisme, je vais être obligée de vous décevoir. J'habite Miami et ne suis ici que pour assister à un baptême.

Jonathan haussa les sourcils.

— Quoi ? Ça vous étonne que l'on vienne à Naples pour un baptême plutôt que pour un enterrement ?

Il ne put s'empêcher de sourire.

— L'un de vos petits-enfants, peut-être ? demanda-t-il.

— Pas vraiment ! Disons un fils par mésalliance.

— Pardon ?

— Le fils que mon ex-mari vient d'avoir avec sa secrétaire.

— Et vous avez été invitée à son baptême ?

— Il se trouve que je me suis invitée moi-même, histoire de montrer que j'ai l'esprit de famille. Après tout, on vient d'offrir à mes enfants un demi-frère flambant neuf ! Encore un autre comme ça, et ils auront un frère entier.

Jonathan observa cette femme qui bavardait d'un ton léger, un verre à la main, et se demanda ce que cachait cet humour. Une grande amertume ? Certainement ! Mais il ne parvenait pas à l'imaginer agresser qui que ce soit. Nous sommes tous des blessés de la vie, se dit-il, cohabitant avec une dose plus ou moins forte d'amertume. Ceci ne fait pas obligatoirement de nous des assassins. Cette femme est d'une franchise désarmante et je ne la vois pas faire de mal à une mouche. Mais alors, pourquoi ces mains brûlantes ? À moins que je ne sois bien piètre psychologue…

— Êtes-vous libre ce samedi ? lui demanda Anna Lerouge à brûle-pourpoint, interrompant ses pensées.

— Euh… si je peux vous servir à quelque chose…

— C'est exactement ça ! J'aurais besoin d'un chevalier servant de votre âge pour m'accompagner au déjeuner de baptême. Ce sera du meilleur effet auprès de mes ex-très-chères-amies. Et puis ça rassurera ce bon vieux Bobby de voir que je suis en train de suivre ses traces. Tel mari, telle femme… Il se trouve que « Jamais trop tard, jamais trop jeune » est la nouvelle devise de notre gentille famille décomposée.

Jonathan se sentit de nouveau mal à l'aise, comme s'il s'apprêtait à mettre les pieds dans de la vase malodorante.

— Ne cherchez pas à sauver des apparences qui ne le méritent pas, conseilla-t-il. La meilleure revanche est justement de ne pas en prendre et de déchirer la page déjà tournée.

— Ah, les belles formules bien creuses ! Mais qui vous parle de revanche ? J'ai seulement envie de froisser votre page déchirée pour en faire une boulette et m'amuser un peu. Un jeu bien inoffensif. Mais oubliez ma proposition qui n'est qu'une idée en l'air. Je comptais assister seule à ce déjeuner, de toute façon.

— Je viendrai, dit Jonathan, ne sachant plus que penser.

Décidément, il ne voyait pas cette bourgeoise à l'humour caustique se transformer en une Calamity Jane surgissant parmi les invités d'une réception pour tirer à bout portant. Ridicule ! Et si elle avait besoin qu'il l'accompagne pour prendre la revanche d'un orgueil blessé… pourquoi pas ? C'était puéril, cependant, il pouvait le comprendre.

⁂

Le samedi suivant, Jonathan se présenta à midi trente à la réception du Naples Purple Crown et appela Anna Lerouge dans sa chambre pour l'avertir de son arrivée.

— Je ne suis pas tout à fait prête, s'excusa celle-ci au téléphone, pourriez-vous monter un moment, s'il vous plaît ? J'ai un problème pour ouvrir mon sac de voyage.

Il prit l'ascenseur jusqu'au troisième étage et frappa discrètement à la porte du 310. Madame Lerouge lui ouvrit drapée dans une somptueuse robe en soie cerise et or, mais les pieds nus.

— Entrez, l'invita-t-elle. Les chaussures assorties à cette tenue sont dans mon sac dont je ne retrouve plus les clés. Il faudra forcer la serrure.

Le jeune homme pénétra dans une suite somptueuse qui devait coûter une fortune.

— Oh, vous savez ! dit-elle en suivant le regard admiratif de son visiteur, je dors très peu hors de chez moi, alors les rares fois où je le fais, je n'hésite pas à me chouchouter.

La suite était composée d'un salon tapissé de soie mauve avec un coin bureau et un curieux petit balcon au garde-corps transparent et bombé, comme une bulle de savon qui aurait adhéré au mur. La chambre à coucher communicante était dotée d'un balcon identique.

Les deux pièces donnaient sur le splendide jardin arrière où une trentaine de tables étaient dressées et décorées de fleurs bleues. Un énorme buffet garni faisait face aux tables qui étaient déjà aux trois quarts occupées par les invités qui arrivaient par les baies ouvertes du rez-de-jardin.

Après avoir brièvement jeté un coup d'œil à l'extérieur, Jonathan fronça les sourcils et se retourna vers Anna Lerouge qui lui avait apporté le bagage à problème.

— C'est en bas que se passe la réception de baptême ? demanda-t-il.
— Absolument.

— Mais ce sont des places assises ! Or, vous n'êtes pas invitée, et moi non plus.
— Ne vous en faites pas pour ça. On sera les mieux placés quand même.

Le jeune homme la regarda, étonné, avant de considérer le sac en peau de porc bardé de métal qu'elle avait posé à ses pieds. Pas évident d'en forcer l'ouverture ! Cette situation devenait surréaliste. Dans quoi s'était-il donc encore fourré ?

— Vous n'avez pas d'autres escarpins ? Cette serrure risque de résister beaucoup plus longtemps que les invités d'en bas devant leur buffet.
— Oh, soyez certain qu'elle finira par sauter, répliqua-t-elle.

Il posa le sac sur une grande table et se mit au travail tandis qu'Anna Lerouge s'éclipsait dans la chambre, probablement pour une dernière touche de maquillage.

Jonathan déclara forfait au bout de cinq minutes. Le bagage était inviolable et seul un serrurier aurait pu délivrer les chaussures de leur captivité. Il s'apprêtait à rendre l'objet à sa propriétaire lorsqu'il entendit des exclamations et des cris s'élever du dehors. Il se précipita sur le balcon et vit tous les invités debout, la main devant la bouche et les yeux braqués sur sa gauche.

Anna se tenait sur la corniche d'un demi-mètre de large qui cerclait la façade au niveau de l'étage. Ces corniches de couleur grenat se retrouvaient à chaque niveau, faisant ressembler la tour parfaitement ronde de l'hôtel à une pile verticale de tranches d'ananas. À travers le garde-corps transparent, on pouvait voir la table basse sur laquelle madame Lerouge avait dû grimper pour enjamber la balustrade. Elle était maintenant debout à égale distance des deux balcons séparés d'environ cinq mètres. Dans sa robe de soie rouge et or, les paumes collées au mur et les pieds nus, elle ressemblait à une fée clochette plaquée par le vent contre la façade.

— Que cherchez-vous à faire ? lui demanda Jonathan d'un ton qu'il voulait calme.
— À faire mon baptême de l'air, lui répondit-elle sur le même ton. Ça fera deux baptisés d'un coup !

Comment cette femme arrivait-elle encore à faire de l'humour, même noir, en une telle circonstance ?

En bas, les gens étaient pendus à leurs portables et les secours devaient être en route.

Appartenant probablement au service de sécurité de l'hôtel, deux hommes surgirent soudain auprès de lui après avoir utilisé un passe pour entrer.

— Allez-vous-en ou je saute ! cria Anna en se déplaçant vers la gauche.
— Les deux hommes battirent précipitamment en retraite.
— C'est à vous seul que je veux parler ! poursuivit-elle en s'adressant à Jonathan.
— Vous êtes trop intelligente pour faire une bêtise pareille, lui dit-il doucement.
— Je vous avais bien dit que je voulais animer leur petite fête.
— Et vous êtes arrivée ici avec l'intention de... ?
— Bien sûr ! Vous ne pensez quand même pas que j'ai soudain eu envie d'en finir parce que j'ai égaré la clé de mon sac !

Seigneur ! Cette femme qui se tenait pieds nus au-dessus du vide avait des réponses aussi pertinentes que sur un plateau de télévision...

En bas, une centaine de paires d'yeux étaient levées vers la façade, guettant le moindre mouvement. Jonathan aperçut un homme aux cheveux gris, debout près d'une jeune femme qui portait un bébé vêtu d'une robe blanche. Ce devait être le nouveau papa et il se surprit à le plaindre. Sa situation était presque aussi inconfortable que celle de son ex-femme.

— Mais pourquoi m'avoir demandé de vous accompagner à cette réception à laquelle vous ne comptiez pas assister ?
— Pour vous charger de transmettre à ce cher Bobby tout ce que je voudrais qu'il sache et que je n'ai pas pu lui dire en face. Et je voudrais qu'il vive avec ça ! Dites-lui que seul un salaud doublé d'un imbécile peut quitter une femme qui l'a suivi par tous les chemins pendant trente-cinq ans. Salaud parce qu'on ne change pas de vie comme on change d'avis ; imbécile parce qu'avec son physique déjà plus ravagé que ravageur, il ne pourra bientôt même plus garder une poupée de chiffons dans son lit... Et alors il se retrouvera seul, vivra seul et mourra seul, comme moi aujourd'hui.
— Je ne pense pas que ça vaille la peine de se détruire pour qui que ce soit, plaida Jonathan.
— Vous ne savez pas ce que c'est, d'être larguée à plus de soixante ans ! On se retrouve avec un nouveau nom qui boîte dans les listes d'invitations (s'il continue à y figurer) et les sorties entre couples se transforment en sorties entre larguées qui vont prendre un verre ensemble pour ne pas râler en solitaire. Le miroir ne renvoie plus que l'image d'une grand-mère occasionnelle (quand les enfants mariés daignent faire le déplacement) et d'une

vieille perpétuelle (malgré les cicatrices de liftings qui se disputent la place à la racine des cheveux teints). Merci, messieurs, je préfère tirer ma révérence… ajouta-t-elle en faisant un geste qui fit s'exclamer la foule rassemblée dans le jardin.

— Vous avez déjà obtenu une belle revanche avec ce scandale qui ne risque pas d'être oublié de sitôt ! Et le risque que vous courrez de vous retrouver dans un fauteuil roulant en tombant d'ici fichera votre vie en l'air beaucoup plus sûrement qu'un divorce.

Elle pâlit et se rapprocha un peu du balcon de gauche. Qu'elle n'ait pas encore eu le vertige au bout de près de treize minutes debout au-dessus du vide était étonnant.

— C'était mon premier amour et le dernier. Et trente-cinq ans de mariage plus tard, au moment où l'on se prend la main pour vieillir ensemble, il décide de tout recommencer avec une autre… Et vous savez comment ? En fuguant comme un gosse ! Lui qui se mêlait de tout à la maison, jusqu'au choix des meubles de jardin, est parti sans rien dire, comme un voleur. Il m'a laissé une lettre sur l'oreiller et… un bijou. Comme si j'étais une prostituée qu'on remerciait pour ses services. Mon grand regret est de ne pas avoir eu l'occasion de lui jeter ce collier au visage ! Il est sur le guéridon du salon avec une carte de vœux. Vous lui remettrez le tout de ma part en guise de cadeau de baptême.

Jonathan jeta un coup d'œil à l'intérieur de la pièce où les deux hommes se tenaient toujours. Il vit un sac en velours bleu roi posé à côté d'une enveloppe sur un petit guéridon et une idée germa dans son esprit. Il s'avança pour prendre le sac qui contenait en effet le collier de saphirs et revint sur le balcon.

— Je vous propose d'offrir votre cadeau tout de suite, dit-il à Anna Lerouge en brandissant l'objet, c'est plus élégant qu'à titre posthume.

Le visage de cette dernière se décrispa un peu et elle fit les quelques pas qui la séparaient encore du garde-corps de son balcon. On entendit des applaudissements monter du bas, mais tous devaient se demander ce que cet homme avait en main.

Le buffet à pâtisseries sur lequel trônait un gâteau bleu à trois étages était à une vingtaine de mètres à vol d'oiseau.

— J'ai gagné plusieurs tournois de bowling et je n'aime pas le glaçage de ce gâteau, mais je ne vous promets rien, dit Jonathan en visant la pièce montée.

Madame Lerouge ouvrit la porte de sa chambre une minute plus tard et fut immédiatement soutenue par les hommes de la sécurité. Elle paraissait à bout, mais parvint quand même à lancer à Jonathan avec un pauvre sourire :

— Merci. Mais vous l'avez raté !
— On va quand même parler longtemps de pâtisseries dans votre entourage, répondit-il doucement. Essayez de tourner la page, maintenant.

⁂

— Tout va bien, *bambino* ? s'exclama Nonna d'une voix inquiète.
— Il n'y a quand même pas le feu si je t'appelle au téléphone !
— À presque onze heures du soir, si !
— En fait, je viens de rentrer chez moi et il y a peu de chances que je puisse dormir cette nuit.
— Tu as rencontré la septième personne ? demanda Clara Lucia, pleine d'espoir.
— Oh oui ! Et Jonathan raconta les événements du jour.
— Un suicide… balbutia-t-elle, l'assassinat intime.
— Drôle de définition. Je ne le vois pas ainsi. C'est quand même moins grave de tenter de

se suicider que de vouloir assassiner quelqu'un d'autre !
— C'est peut-être plus grave en certaines circonstances, qu'en savons-nous ?
— Rien. Moi, je ne sais plus rien, soupira-t-il.
— En fait, ajouta Nonna, je suis convaincue que nous sommes jugés sur nos intentions plutôt que sur nos actes.
— Alors le motif de la tentative de suicide d'aujourd'hui mérite une grande indulgence. Cette femme n'a voulu se tuer que parce qu'elle n'était plus aimée.
— Ou parce qu'elle avait peur de vieillir seule, ou par jalousie, ou par amour propre, ou par esprit de vengeance… Qu'en sais-tu ?
— Une fois de plus, rien ! Pourtant, cette Anna Lerouge est l'une des personnes les plus équilibrées que j'ai rencontrées.
— Le divorce est parfois plus difficile à accepter que le veuvage, constata Clara Lucia. As-tu des nouvelles de Carmel ?
— Je l'ai contactée trois fois cette semaine. Elle n'a évidemment pas compris comment je pouvais m'attendre à du nouveau en l'appelant un jour sur deux alors qu'on parle d'un coma qui dure déjà depuis huit mois.
— Tu dois avoir l'intuition d'un changement imminent…
— Ce serait trop beau !
— La prochaine fois que tu m'appelleras, dit Nonna d'une voix émue, ça sera peut-être

pour m'annoncer quelque chose que tu espères depuis le 23 novembre dernier.

— Je crois que je commence à avoir peur, balbutia Jonathan.

— Moi aussi.

Il suffirait demain que ce monde en déchirure pour guérir ses blessures se trouve un magicien

Hazel Tomasini s'apprêtait à traverser Madison Avenue lorsque sa vie bascula et le crissement de pneus qui lui laboura les tympans était de ceux qui changent une destinée… On était un 23 novembre.

Mère de trois jeunes enfants, Hazel avait perdu son mari qui avait succombé, dix-huit mois plus tôt, à une crise cardiaque au volant de sa voiture. Le choc avait été d'autant plus grand qu'elle était femme au foyer et que Gemma, la petite dernière, avait à peine trois ans. Il avait pourtant fallu surmonter la douleur pour commencer à chercher du travail.

Traumatisés par le deuil, les deux aînés avaient pourtant fini par retrouver leur équilibre, mais la petite Gemma restait inconsolable. Hazel l'avait envoyée passer plusieurs mois chez ses parents qui avaient une ferme dans le Montana, mais l'enfant était revenue dans le même état d'abattement. Seul trouvait grâce à ses yeux un cadeau que son père lui avait acheté chez FAO Schwarz le jour de ses trois ans. C'était un jouet mécanique qui mesurait soixante-dix centimètres et représentait un jeune berger tenant un agneau sous son bras. Quand on pressait sur un bouton, le berger dodelinait de la tête en chantonnant d'une voix enfantine les paroles de *Don't worry! Be happy!*, le vieux succès de Bobby McFerrin. La petite fille avait appelé son jouet Mister Happy et l'emportait partout avec elle, sauf à l'école.

En ce 23 novembre, Gemma était grippée et Hazel ne l'avait pas envoyée en classe. Mais devant se rendre à Madison Avenue pour une entrevue avec un vieux couple qui cherchait une dame de compagnie et n'ayant personne pour garder la petite, elle avait pris le risque de l'emmitoufler et de l'emmener avec elle. Pour ne pas s'encombrer du jouet, Hazel avait expliqué à sa fille que Mister Happy était grippé aussi et qu'il valait mieux le laisser au chaud.

L'entrevue avait duré plus que prévu, mais la jeune femme avait été embauchée. Toute contente, elle avait offert à Gemma, qui l'avait sagement attendue, un grand ballon rose gonflé à l'hélium en forme de pélican.

Debout au bord du trottoir et tenant d'une main l'épaule de l'enfant qu'elle avait maintenant hâte de remettre au lit, elle s'était ensuite démenée pour arrêter un taxi…

… Et puis sa mémoire n'avait plus enregistré que des sons et des images éparpillées comme des boules de mercure répandues par un thermomètre cassé.

Il y avait eu un crissement de pneus. Un pélican rose dans le ciel. Une sirène d'ambulance. Un homme hébété sur le trottoir, la main crispée sur sa veste. Et puis la nuit.

⁂

Gemma Tomasini arriva au Mount Sinaï Hospital dans le coma et n'en sortit plus. Ses grands-parents quittèrent leur ferme du Montana pour venir garder les aînés et permettre ainsi à Hazel de passer le plus de temps possible avec sa fille. Dès le début, les médecins ne cachèrent pas leur inquiétude. Le traumatisme crânien subi par la petite était grave et les images obtenues par IRM montraient des lésions importantes.

« Il n'y a rien à faire qu'à voir venir… » expliquèrent-ils à madame Tomasini. Mais voir venir quoi ? Et quand ? Celle-ci préféra ne pas poser de questions pour ne pas s'entendre dire ce qu'elle ne voulait pas savoir.

Elle n'osa pas consulter Internet non plus. C'était une source d'informations qui la perturbait bien plus que son ignorance… Lorsque son père avait été atteint d'un cancer du poumon, elle s'était plongée dans le puits sans fond de Google en pensant naïvement y trouver le réconfort de données bien claires assorties de nombreux cas de guérison. Au lieu de cela, elle s'était embourbée dans une purée de statistiques assaisonnée de termes comme « taux de survie » et « période de rémission », qui donnaient l'image d'un malade se faisant traiter sur une corde raide plutôt que sur un lit d'hôpital. Affolée, elle avait alors décidé de ne plus consulter que son petit recueil de prières. Concernant Gemma, c'était exactement ce qu'elle allait faire !

Restait ce qu'elle savait déjà des comas profonds : réveil de la conscience rarissime après un an de vie végétative et dégâts physiques et mentaux très vite irréversibles… Mais il y avait aussi des cas comme celui de Terry Wallis, cet Américain qui avait défrayé la chronique en 2003 en commençant à se réveiller progressivement du coma dans lequel il était plongé depuis dix-neuf ans !

⁂

Deux, trois, puis six mois passèrent sans que Gemma bouge un cil, et les amis qui s'étaient d'abord rassemblés autour de la famille s'éparpillèrent. Tous pensaient maintenant que si l'enfant restait dans le même état, la maman serait condamnée à des années de dévouement pour rien ; et que si elle reprenait conscience sévèrement handicapée, la situation pourrait être encore pire…

De son côté, le Dr Eliana Johnson, qui s'occupait de Gemma, tentait de ne pas laisser trop d'illusions à madame Tomasini. Elle lui avait bien expliqué que le réveil d'un état végétatif était rarissime au bout d'une dizaine de mois et que selon le très sérieux *New England Journal of Medicine*, seuls une quinzaine de ces réveils avaient été relevés en tout et pour tout par la littérature scientifique. Pour le Dr Johnson, se battre sans limite de temps pour garder les fonctions respiratoires et digestives d'un corps abandonné par sa conscience allait à l'encontre du respect de la personne. « *Let go!* » était son conseil quand une situation médicale semblait désespérée. Deux mots auxquels les familles de ses patients lui opposaient deux autres : « *What if?* »

Les parents de Hazel avaient soutenu leur fille autant que possible, mais refusaient d'imaginer Gemma végétant pendant des années et espéraient convaincre la jeune femme de ne pas laisser durer cette situation.

— Il n'y a plus de vie à prolonger, lui avait dit son père, mais il y a une âme à libérer.

Hazel avait éclaté en sanglots, mais avait promis de réfléchir. Et puis ce vendredi 23 septembre au matin, après des dizaines de nuits blanches, elle s'était levée en ayant pris la décision de permettre au Dr Johnson de libérer Gemma.

⁂

Comme souvent quand il faisait beau, Carmel préféra parcourir à pied la distance qui séparait son appartement du Mount Sinaï Hospital où elle était infirmière dans le service de neurologie depuis cinq ans maintenant. On était déjà le 23 septembre et à la fin de l'été indien, ces promenades seraient à oublier.

Arrivée à l'hôpital et avant de reprendre son service de quinze heures, elle voulut passer voir Eliana Johnson pour lui remettre un dossier, mais remarqua une agitation inhabituelle devant la porte de la chambre 505, celle de Gemma, et son cœur se serra : « Mon Dieu ! Pourvu que la petite ne soit pas partie ! »

Carmel et Jonathan étaient amis depuis l'enfance, depuis que Clara Lucia les accompagnait ensemble à l'école. Il est vrai que leur départ pour New York les avait un peu séparés, mais ils savaient qu'ils pouvaient toujours compter l'un sur l'autre… En dix mois, Carmel n'avait jamais demandé à Jonathan la raison pour laquelle il s'intéressait tellement à cette petite fille. Elle attendait qu'il lui raconte tout de lui-même. Pourtant, cet acharnement à demander des nouvelles de l'enfant et cette attente d'une sortie de coma à laquelle plus personne ne croyait l'avaient intriguée. Qui était Gemma Tomasini pour lui ? Pourquoi guettait-il son réveil avec de plus en plus d'espoir alors que même sa mère n'en avait plus ?

⁂

Il était déjà vingt et une heures et Clara Lucia était toujours penchée sur le manuscrit de son dernier livre de jardinage qu'elle voulait finir de corriger. Il lui fallait absolument opter pour un visuel de couverture avant le surlendemain et n'arrivait pas à se décider. Elle se leva pour se servir un énième Cinzano-Coca, mais changea d'avis. Il faisait particulièrement beau en cette soirée du 23 septembre et elle pensa que sortir prendre l'air serait bien plus efficace pour trouver l'inspiration. Les promenades de Clara Lucia obéissaient toujours au même itinéraire, ce qui lui permettait de rêver ou de réfléchir en laissant ses jambes se charger de la conduire sans distraire son cerveau. Arrivée devant le parvis de San Georgio, elle aperçut Pio assoupi sur les marches et s'approcha pour poser à côté de lui les 2 euros qu'elle lui donnait d'habitude, mais sentit aussitôt des doigts brûlants lui saisir la main. Sous l'effet de la surprise, elle lâcha la pièce de monnaie qui alla rouler sur le trottoir.

— Le prix est payé et l'enfant s'est réveillé, balbutia le vieil homme. Ton petit-fils a été un outil.
— Qui es-tu ? osa demander Nonna.
— Moi aussi, un outil.

Le cœur battant, Clara Lucia ramassa la pièce pour la redéposer dans la main du mendiant qui avait de nouveau fermé les yeux. Cette fois-ci, sa paume était aussi fraîche que l'air du soir. Bouleversée, elle comprit qu'il savait tout depuis le début ! Il était temps d'avouer à Jonathan ce qu'elle avait tu pendant si longtemps…

Revenue chez elle, Nonna se percha de nouveau sur son tabouret à roulettes, repoussa ce qui encombrait sa table à dessin, prit un cahier d'écolier, sortit le stylo à encre turquoise qu'elle utilisait pour écrire à Allegra lorsque celle-ci était partie vivre aux États-Unis et se prépara à tout coucher sur le papier. Ce qu'elle avait à dire ne pouvait pas être raconté par Skype, ni se dire face à face, ni même être tapé sur un clavier d'ordinateur. Elle avait besoin d'agripper son vieux stylo et de tourner les pages de ce cahier à carreaux comme elle avait tourné celles d'un passé qui venait de ressurgir tel un ballon soudain regonflé. Un passé qu'elle avait tu à Jonathan.

Pourquoi lester la vie de ceux qu'on aime avec des poids inutiles ?

Mais une main mystérieuse venait de nouer les fils de leurs deux existences de la plus extraordinaire des manières, et maintenant, elle lui devait la vérité, une vérité que même le vieux Pio ne pourrait expliquer… Le ciel ne pêchait pas par simplicité !

À minuit moins onze minutes, Nonna reposa enfin son stylo. Tout avait été dit et il n'y avait plus qu'à poster cette lettre. Aussi soulagée que lasse, elle fit pivoter sa chaise pour se remettre debout, mais ses membres ankylosés lui firent perdre l'équilibre et elle ne put que s'accrocher au bord incliné de la table à dessin, renversant une partie de ce qui était posé dessus et tombant droit sur les débris de son verre de Cinzano qui s'était brisé sur le sol. Sa hanche heurta un guéridon bas et elle eut le souffle coupé par la douleur.

Couchée sur le côté avec sa chemise de nuit rouge de sang, Clara Lucia tenta vainement de se traîner jusqu'à son iPhone tombé trop loin. Et crier ne servirait à rien. C'était un vendredi soir et Francesca avait reçu l'ordre de ne pas la déranger ce week-end, car elle devait boucler son livre. Elle pensa à Jonathan qu'elle aurait tellement voulu accompagner un peu plus loin ! Elle était sa seule famille. Il tenterait de l'appeler sur Skype à dix-neuf heures, ce dimanche, et s'inquiéterait de son silence, mais elle ne survivrait pas jusque-là et le savait. Elle fut reconnaissante à son sixième sens qui l'avait poussée à lui écrire cette lettre sans tarder. Il saurait enfin tout ! Et il la comprendrait aussi… Elle en était sûre. Ce qui les unissait se situait au-delà de tout jugement. Nonna se fit la promesse qu'une fois là-haut, elle trouverait le moyen de lui faire savoir qu'elle continuerait à veiller sur lui.

Le poste de radio qu'elle n'éteignait qu'avant de se mettre au lit passait une vieille chanson qu'on n'entendait plus sur les ondes depuis des années. « *Be happy! Don't worry!* » répétait le chanteur en boucle.

Dans un brouillard, Clara Lucia pensa que les DJ du ciel avaient un drôle de sens de l'humour.

Mon enfant, ma sœur, songe à la douceur d'aller là-bas vivre ensemble ! Aimer à loisir, aimer et mourir au pays qui te ressemble*

C'est à l'âge de vingt-sept ans qu'Allegra décida de quitter l'Italie. Elle venait de terminer des études de zoologie et ne rêvait que de grands espaces, et particulièrement de Floride. Veuve très tôt, Clara Lucia avait consacré sa vie à sa fille et la voir s'éloigner l'angoissait, mais elle espérait que la jeune femme se lasserait très vite des marécages, des crocodiles et même des gratte-ciel…

Quelle construction bêtement verticale pouvait rivaliser avec une seule maison à chapeau rond de Locorotondo ?

Pour Clara Lucia, tout ce qui n'était pas le Sud de l'Italie n'était pas ! Mais Allegra avait épousé James Jackson : un astronaute farfelu et lunatique qu'elle avait rencontré quelques mois après son arrivée là-bas, et c'est à Cap Canaveral qu'elle s'était installée pour de bon. Jonathan était né un an plus tard et Clara

* Charles Baudelaire, *L'Invitation au voyage.*

Lucia s'était résolue à faire la navette entre la Floride et chez elle, malgré l'insistance de sa fille qui rêvait de la voir devenir américaine au plus tôt : « Mais, maman, tu n'as plus personne en Italie ! » s'exclamait Allegra à chaque fois que sa mère voulait rentrer à Locorotondo après un long séjour à Cap Canaveral.

— J'ai moi ! rétorquait celle-ci en souriant.
— Toi, tu écris des livres de cuisine, ce que tu peux parfaitement faire ici.
— Ici, je n'ai pas l'inspiration.
— Ici, il y a des dizaines de commerçants italiens qui importent tous les produits dont tu peux avoir besoin pour ta chimie.
— Sans leur âme, et c'est un ingrédient qui ne s'importe pas !
— Tu veux me dire que le bout de Pecorino acheté sur place sera toujours moins bon que celui de Gianni, ton épicier cinglé qui s'est une fois fait livrer ses fromages sur le trottoir, devant les stores baissés de son magasin, par respect pour la procession de San Rocco qui devait passer devant ses portes ? Et que les blocs de fromage sont restés dehors une partie de la journée à cause d'un changement d'itinéraire décidé par les dames de la paroisse qui voulaient le punir du Bresaola périmé dont il leur avait fait don ?
— Mensonge ! Il n'était pas périmé ! Ce sont ces vieilles folles qui le sont !

— Là n'est pas la question. On parlait de Pecorino.
— Dont le goût est différent quand il est consommé en Italie parce que s'y ajoutent toutes les saveurs réunies dans la conscience artistique et culinaire d'un peuple situé au cœur d…
— Du monde ?
— Je ne te l'ai pas fait dire.
— Un monde dont les États-Unis sont l'une des périphéries, et Locorotondo la seule capitale ?
— Quoi d'autre ?

Et Clara Lucia avait poursuivi ses va-et-vient entre l'Italie et la Floride, en ne rêvant que du jour où Jonathan, son petit-fils, serait assez grand pour venir passer ses étés à Locorotondo. Mais elle se consolait en voyant Allegra parfaitement heureuse là-bas…

Jusqu'à ce 23 novembre qui avait tout fait basculer !

⁂

C'était un vendredi. Jour où Clara Lucia préparait des desserts qu'elle envoyait à la paroisse pour la soirée hebdomadaire des dames de San Georgio. Ce jour-là, c'étaient des tartelettes à la confiture de framboises. À dix-huit heures et onze minutes, la sonnerie du téléphone retentit en même temps que celle du four, et Clara Lucia prit l'appareil pour le bloquer sous son oreille droite avant d'attraper des gants pour sortir ses tartelettes. Ce qu'on lui annonça au bout du fil lui fit lâcher le plateau brûlant, et le sol de la cuisine se teinta de rouge framboise.

⁂

C'était un vendredi. Jour où Allegra faisait ses courses chez Seafood Atlantic, meilleur marchand de poissons et fruits de mer de Cap Canaveral. Ce jour-là, elle avait choisi d'acheter du saumon déjà préparé pour s'offrir le luxe de trois heures de lecture avant le déjeuner. Après, une fois Jonathan rentré de la garderie, elle n'aurait plus le temps de terminer *Dauphin, médecin des âmes*, un livre qui parlait des bienfaits du dauphin sur le cerveau et le cœur humains, et qui la passionnait. Comme il était déjà dix heures et que Caprissimo, son épicier italien, devait avoir ouvert, elle décida de s'y arrêter pour se réapprovisionner en café.

« *Bonjorno!* » lança-t-elle joyeusement à Gina, la caissière, en pénétrant dans le magasin. Mais à peine s'était-elle engagée dans l'allée réservée aux boissons qu'elle entendit des hurlements suivis de coups de feu et ne comprit pas pourquoi la main qu'elle avait levée pour saisir un paquet de café avait plutôt pris la direction du sol de linoléum bleu qui se teintait de rouge. Sa dernière pensée fut qu'on était un 23 novembre, et que son anniversaire tombait le lendemain.

⁂

Les auteurs de la fusillade du Caprissimo étaient quatre garçons âgés entre dix-huit et vingt-ans se faisant appeler les Venge-Gardiens, vivotant ensemble dans un camping-car miteux et qui avaient décidé de se transformer en une bande de justiciers. L'un deux, dénommé Leroy, avait été viré du Caprissimo où il travaillait comme livreur; cette injustice avait déclenché l'ire du groupe qui avait décidé de se venger. Quelques semaines plus tard, les Venge-Gardiens étaient arrivés chez l'épicier italien à bord d'une vieille camionnette, laissant Leroy pénétrer seul dans le magasin, armé et cagoulé. Ce dernier avait pour plan de passer deux ou trois secondes à tirer sur tout ce qui se brisait pour faire le plus de dégâts possible, sans que Joan et Gina – les deux caissières qu'il aimait bien – ou qu'un client quelconque ne soit blessé. Leroy avait justement choisi d'attaquer le Caprissimo à dix heures, les portes à peine ouvertes et avant l'arrivée des premiers clients, pour éviter toute bavure. Lui et ses amis n'étaient pas des criminels. Juste des paumés que la société de consommation avait laissés de côté, comme des enfants pauvres abandonnés sur le trottoir en face de la vitrine d'un marchand de bonbons. Juste des mal-aimés issus de familles aussi dépareillées que de vieilles chaussures. Juste des enfants (pour les services sociaux); des défavorisés (pour les nantis); de la racaille (pour les services de police). Juste des gosses qui faisaient des bêtises. Pas des criminels.

Leroy avait été chassé du Caprissimo parce qu'il avait subtilisé deux bouteilles de vin pour les vendre à son compte, afin de compenser sept jours d'absence où il n'avait pas été payé. Ce n'était pas sa faute s'il avait été malade comme un chien et n'avait pas pu venir travailler ! Et comme un chien, le gérant l'avait jeté dehors ! On ne pouvait pas s'en sortir en traitant les gens comme des torchons jetables, et cette injustice devait être punie. Bien sûr, les assurances paieraient, mais ça ferait quand même fuir les clients pendant un certain temps…

La charte du groupe des Venge-Gardiens était très claire : ne jamais laisser une injustice impunie parce ça mettait en péril l'équilibre du monde; défendre les plus faibles parce que personne ne s'en charge jamais; se servir gratuitement dans les magasins quand il y a urgence, parce que tout commerçant n'est qu'un voleur légal.

Ce vendredi-là, Leroy avait chargé son AR-15, un fusil d'assaut semi-automatique acheté rubis sur l'ongle avec l'argent payé par les Jackson pour l'entretien de leur jardin. Il n'avait pas encore vingt ans, mais en Floride il suffisait d'en avoir dix-huit pour s'offrir ce genre de joujou. Il était à peine dix heures et le groupe l'attendrait dans la camionnette garée à l'arrière du magasin, dans un terrain vague protégé par un mur d'enceinte et débouchant directement sur l'autoroute. Ni vu ni connu. Il avait été chassé du Caprissimo depuis plusieurs semaines déjà et personne ne le soupçonnerait. Par prudence, les Venge-Gardiens prenaient toujours du retard pour réparer une offense. L'important était que tôt ou tard, justice fût faite.

Leroy était satisfait. Il ne lui avait fallu que quelques minutes pour mettre sa cagoule, saisir son AR-15, contourner le magasin en rasant les murs, pousser la porte vitrée, se poster devant les caisses pour ne pas risquer de blesser Gina et Joan qui hurlaient, balayer de balles le plus de rayons possible en insistant sur celui des alcools, puis regagner la camionnette au plus vite.

— J'ai ôté à ces connards le souci de compter leurs bouteilles de vin ! déclara-t-il aux membres du groupe en ôtant sa cagoule.

Désormais, il ne se retournerait plus chaque nuit dans son lit en revivant la scène où le gérant l'avait traité devant les caissières de « petit morveux qui n'était même pas digne de recevoir des coups de pied au cul », avant de le mettre à la porte. Pourtant, il avait toujours honnêtement fait son travail ! On ne lui avait même pas demandé de quoi il avait souffert avant de le jeter dehors à cause de ces deux fichues bouteilles de vin dont ils possédaient des dizaines et dont la vente lui avait permis de survivre pendant quelques jours. Les trois autres membres du groupe étaient au chômage et il était le seul à travailler… Quelle société de merde ! Les gens acceptaient plus facilement de voir crever leurs congénères que leurs chats, leurs chiens et même leurs hamsters… À gerber !

Il n'avait fallu que quelques heures pour que la police débarque dans le camping-car des Venge-Gardiens. Un technicien en train de réparer un pylône électrique au moment de la fusillade avait donné le signalement de leur camionnette. Perché à plusieurs mètres du sol, côté parking, il avait tout vu. Par malchance, une jeune femme avait été tuée à l'intérieur du magasin. Quelle poisse ! Elle devait être cachée par ce fichu panneau qui invitait à faire une dégustation de café italien… La brève carrière des Venge-Gardiens était terminée !

⁂

Leroy avait plaidé coupable, évitant un procès et écopant de quatre ans de prison. On lui avait trouvé une flopée de circonstances atténuantes et le décès d'Allegra avait été présenté comme un « homicide accidentel malheureux ». Ses trois copains avaient été condamnés à six mois de prison pour « vandalisme passif ».

Clara Lucia aurait tout donné pour pouvoir revenir en arrière, avant qu'Allegra ne décide de s'expatrier aux États-Unis, et la dissuader de le faire. Ne pas respecter son choix. Lui faire un chantage sentimental. Lui parler armes et insécurité… Mais sa fille aurait-elle changé d'avis pour autant ?

Allegra avait toujours su ce qu'elle voulait. Et puis elle avait rencontré James, avait décroché un travail passionnant et avait eu Jonathan. Elle était très heureuse là-bas jusqu'à ce jour où elle avait voulu acheter un paquet de café italien dans cet endroit précis, ce jour précis, à cette heure précise… Mon Dieu ! À quoi tout ce qu'on était ici-bas tenait-il !

Nonna avait fermé sa maison de Locorotondo et était allée s'installer à Cap Canaveral pour élever Jonathan qui n'avait que deux ans à la mort de sa mère. James Jackson, le mari d'Allegra, lui en avait été très reconnaissant, et quelques années plus tard, lorsque sa navette avait explosé en plein vol, Jonathan n'avait plus eu que sa Nonna pour famille.

Le départ d'Allegra avait laissé Clara Lucia dévastée, mais par amour pour Jonathan, elle avait tenté de redevenir ce qu'elle était avant le drame, c'est-à-dire une femme équilibrée et enjouée. Sa solide foi d'Italienne l'y avait beaucoup aidée… Par ailleurs, elle savait que celui qui avait causé la mort de sa fille ne l'avait même pas vue ! Un « accident à l'américaine », comme l'avait défini Francesca, sa voisine et amie, qui avait toujours refusé d'aller lui rendre visite en Floride, malgré ses multiples invitations.

— Je ne mettrai pas les pieds dans un pays où n'importe quel gosse peut s'offrir un lance-missiles avec son argent de poche et le laisser traîner chez lui en le faisant même dépoussiérer par sa mère… s'indignait-elle.
— N'exagère pas ! protestait Clara Lucia.
— Je te rappelle que moi, j'ai refusé une canne à pêche à Antonio avant l'anniversaire de ses dix-sept ans pour éviter le risque de le

voir hameçonner sa petite sœur par accident… Mais comment tellement d'Italiens arrivent-ils à survivre là-bas ? Que Dieu les bénisse !

Et Clara Lucia était restée en Floride, menant une vie relativement douce entre son petit-fils et ses livres de cuisine, jusqu'à ce que la convocation arrive…

⁂

Jonathan venait d'avoir douze ans lorsqu'un matin de mai, Clara Lucia, titulaire de la citoyenneté américaine, avait reçu ce qu'elle considérait comme une très mauvaise nouvelle. C'était un avis officiel lui apprenant qu'elle avait été sélectionnée pour être jurée dans le procès de sept jeunes gens (deux filles et cinq garçons de Cap Canaveral) arrêtés pour le meurtre d'un couple de New-Yorkais en voyage de noces à bord d'un yacht amarré au quai de la Sunrise Marina. Ce crime avait bouleversé l'opinion et les photos de mariage du couple avaient fait la une des journaux avec des titres comme « Ils ne vécurent pas et n'eurent aucun enfant… » ou « Ils se sont mariés pour le meilleur et d'autres se sont chargés du pire ».

L'affaire semblait claire, mais les sept jeunes accusés clamaient leur innocence. Ils avaient bien avoué avoir passé une soirée trop bien arrosée avant de se diriger ensemble vers le port dans l'intention de « respirer l'air marin pour se dégriser ». Après avoir fait le tour de la marina en chahutant un peu, ils s'étaient bien arrêtés devant le *Seasweet*, le yacht des New-Yorkais, attirés par la dizaine de grosses mouettes en plastique orange fluo accrochées au bastingage, et avaient bien pensé sauter sur le pont pour en détacher quelques-unes avant de déguerpir, l'un d'eux ayant aperçu deux corps flotter entre le mur du quai et l'arrière du bateau.

Le groupe des sept avait été arrêté le lendemain matin, après la découverte des cadavres des deux époux, assommés par ce qui devait être des battes de baseball. Le propriétaire d'un bateau voisin s'était rappelé avoir été dérangé par les voix de plusieurs jeunes gens, vers minuit trente, et, un peu plus tard, avoir entendu deux « plouf », comme si des objets lourds avaient été jetés à l'eau.

Sur le moment, cela ne l'avait pas inquiété. Son témoignage avait été accablant, d'autant plus que deux dîneurs tardifs – qui voulaient faire quelques pas dans la marina avant de rentrer chez eux – avaient déclaré avoir rebroussé chemin parce qu'ils avaient vu une bande de jeunes surexcités et éméchés se promener comme des équilibristes au bord de l'eau. Personne d'autre n'avait été aperçu à cette heure sur le quai…

Les accusés plaidèrent tous non coupables, conseillés par leurs parents et malgré l'avis de leur avocat commun. Le procès commença en présence d'un jury populaire composé des douze personnes choisies en dernière sélection, dont Clara Lucia qui avait été nommée présidente. Contrainte et contrariée, celle-ci avait aussi conscience de l'énorme part de responsabilité qu'on lui déléguait. C'était la première fois qu'elle recevait ce genre de convocation depuis qu'elle habitait aux États-Unis et s'en serait bien passée !

La majorité des jurés penchaient pour un verdict de non-culpabilité en raison du manque d'indices matériels, les armes du crime n'avaient pas été retrouvées et il n'y avait aucun témoin visuel. Malgré les lourds soupçons qui pesaient sur le groupe, il restait préférable de libérer des coupables plutôt que de condamner des innocents… Mais Clara Lucia n'était pas de cet avis et pesa de tout son poids pendant les cinq jours de délibération en vase clos pour convaincre tout le monde.

Penser que les jeunes mariés avaient des ennemis qui les avaient suivis de New York pour les abattre en Floride était ridicule, martelait-elle. De plus, il fallait s'y mettre à plusieurs pour attaquer deux personnes, et ces jeunes gens éméchés et agressifs étaient certainement sortis dans l'intention de faire du *wilding* : un supposé passe-temps à la mode consistant à agresser des inconnus dans un lieu public. Ne pas oublier que rien n'avait été volé sur le yacht ! Les époux devaient tout simplement être en train de passer une soirée tranquille sur leur pont, et ils l'avaient payé de leurs vies. Ce qui faisait cependant hésiter les jurés était l'affaire de Trisha Meili qui restait dans toutes les mémoires.

Cette joggeuse laissée pour morte dans Central Park, à Manhattan, la nuit du 19 avril 1989 avait passé douze jours dans le coma et en était ressortie avec de très graves séquelles. Un gang formé de cinq adolescents avait été accusé de cette agression et condamné par un jury populaire à des peines de cinq à dix ans de prison. Mais en 2002, Matias Reyes, un récidiviste, avait avoué être le seul coupable. La ville de New York – dont le maire avait qualifié ce crime de « crime du siècle » – avait dû payer aux cinq de Central Park un dédommagement de 41 millions de dollars.

« La Sunrise Marina n'est pas Central Park ! » insistait Clara Lucia, et elle avait rappelé le cas de Lionel Tate, ce jeune garçon de quatorze ans condamné à perpétuité en 2001 pour avoir frappé à mort une petite fille de six ans, alors qu'à l'époque, il n'en avait que douze. Ceci s'était passé à Fort Lauderdale, à moins de deux cents miles de Cap Canaveral, et le jury avait statué sans état d'âme.

— Oui, mais Tate était vraiment le meurtrier alors que là, on manque de preuves, avait rappelé un juré.
— Si ces sept jeunes ont tous refusé de plaider coupables en encourant le risque d'un procès public, c'est peut-être parce qu'ils ne mentent pas, avait plaidé un second.
— Et si ce couple de New-Yorkais était nettement moins sympathique qu'on ne l'a présenté et avait quelque chose à cacher ? Comment ne pas donner à ces jeunes le bénéfice du doute ? avait insisté un troisième.

Mais Clara Lucia avait réponse à tout et ne cessait de rappeler que le rôle d'un jury n'était pas de tenter de disculper des coupables, mais de rendre la justice volée à des innocents. Elle en profitait pour citer le père de Tiffany, la petite victime de Tate, qui avait été ulcéré par la mobilisation internationale contre la peine infligée au coupable de quatorze ans : « Ma petite est morte, et on ne se soucie que de son meurtrier. Je suis d'accord pour une sentence clémente pour Lionel, mais dans une autre vie », avait-il déclaré à un journal étranger.

Les délibérations durèrent cinq jours pendant lesquels les membres du jury furent isolés dans un hôtel où ils prenaient leurs repas sous surveillance. Clara Lucia mit ce huis clos à profit pour convertir à ses vues les onze jurés sur lesquels cette femme d'âge mûr, intelligente et équilibrée avait pris beaucoup d'ascendant. Et c'est à l'unanimité (requise dans les procès pénaux) que les sept jeunes de Cap Canaveral furent déclarés coupables du meurtre des New-Yorkais.

Le procès enfin terminé, Clara Lucia ne retrouva pourtant pas sa paix d'avant... Tout au long des délibérations, elle avait eu conscience de ne se battre que pour un verdict de culpabilité, et cet acharnement ressemblait peu à la femme juste qu'elle pensait avoir toujours été. Bien malgré elle, tout l'avait sans cesse ramenée à l'injustice de la mort d'Allegra, rendant caduc son serment d'impartialité. Il est vrai qu'en apparence, rien ne plaidait en faveur des sept accusés. Mais les éléments dont disposaient les jurés ne justifiaient pas un *verdict de culpabilité sans doute possible*. Nonna savait que si elle avait pu arrêter de penser à sa fille, elle aurait certainement accordé le bénéfice du doute.

« L'affaire des mariés de New York » se conclut donc, un 9 septembre, par la condamnation de sept jeunes gens à une peine de prison de dix ans chacun. Et ce verdict fut spécialement dévastateur pour chacun !

Tarek Booze, vingt ans, fils de commerçant et le plus âgé du groupe, venait de terminer ses études et s'apprêtait à demander un prêt à son père pour démarrer une petite affaire de vente par correspondance de maillots de bain. Monsieur Booze ne croyait pas à la culpabilité de son fils, mais les clients avaient déserté son magasin avant même la fin du procès. Certains changeaient même de trottoir lorsqu'ils l'apercevaient debout devant sa porte. Il finit par liquider à perte son stock de marchandises et ferma son commerce. Du coup, il perdit sa maison dont il ne pouvait plus payer les traites. Sa belle-famille lui trouva un vieux *mobile home* où il déménagea seul, et sa femme retourna vivre chez ses parents. En quelques mois seulement, il était passé de la sécurité à la ruine. Clara Lucia l'apprit par les journaux et en fut désolée. Les parents n'avaient pas à payer aussi cher pour les erreurs de leurs enfants ! pensa-t-elle.

Mona Moora, dix-neuf ans, l'une des deux filles du groupe, travaillait dans un institut de beauté et s'apprêtait à épouser le fils de sa patronne, tombé amoureux de sa peau de pêche et de ses grands yeux noirs. Ils avaient projeté de vivre dans un charmant bungalow en bord de mer que Mona avait décoré elle-même. Au bout de cinq mois de détention durant lesquels son fiancé ne lui avait pas rendu visite une seule fois, Mona apprit qu'il sortait avec sa meilleure amie. Le jour où on lui rapporta qu'ils s'étaient installés ensemble dans le joli bungalow, elle vola à une autre détenue une lame de rasoir et se taillada les joues et le front. Elle, qu'on appelait la plus jolie fille du lycée, portait désormais sur le visage les cicatrices qu'elle avait dans le cœur. Clara Lucia apprit par son esthéticienne ce que la petite Mona s'était fait en prison et en fut choquée. Rien ne justifiait qu'on se défigure à vie ! pensa-t-elle.

Paulo et Chico Morales, dix-sept ans, étaient jumeaux. Leurs parents, d'origine cubaine, venaient d'obtenir leurs cartes vertes et avaient fêté ça avec leurs quatre enfants juste avant que le marteau d'un juge ne s'abatte sur leur rêve américain pour le faire voler en éclats… Un samedi, deux mois après le procès et sur le chemin de retour d'une visite aux jumeaux qui l'avait particulièrement déprimé, monsieur Morales perdit le contrôle de sa voiture en voulant prendre une bretelle d'autoroute. Il s'en sortit, mais pas Ramon, son fils de vingt-quatre ans qui l'avait accompagné pour remonter le moral de ses frères. Les Morales – ou ce qu'il en restait – rentrèrent chez eux en laissant Paulo et Chico se soutenir l'un l'autre. Désormais, le quartier le plus miséreux de La Havane leur semblait plus doux à vivre que l'hôtel le plus luxueux de Palm Beach. Clara Lucia apprit aux nouvelles l'accident de Ramon Morales et en fut bouleversée. Mon Dieu ! Il y avait des familles qui accumulaient les drames ! pensa-t-elle.

Kira Poor était étudiante en psychologie et vivait avec sa mère dans l'une des plus belles villas de Cap Canaveral. Son père, décédé depuis trois ans, les avait laissées à l'abri de tout souci financier. Mais c'était compter sans la succession de petits amis que sa mère choisissait de plus en plus jeunes et qu'elle couvrait de cadeaux. Kira tentait de ne pas s'en mêler jusqu'au jour où l'un d'entre eux s'incrusta dans la villa pour se faire entretenir à plein temps. La jeune fille tenta de le déloger et était en passe de réussir lorsqu'éclata le drame de la Sunrise Marina. Elle faisait partie du groupe des sept et fut la première à se faire arrêter. Quelques mois après son incarcération, sa mère finit par lui avouer lors d'une visite que leur compte commun avait été vidé au bénéfice du petit ami à domicile qui avait eu une idée d'investissement, mais qui avait fini par s'investir ailleurs...

— C'est un escroc, et toi, une cruche ! avait sangloté Kira.
— Et toi, en prison.
— Je n'ai rien fait ! Bordel ! Et maintenant, on n'a plus d'argent !
— On a la villa. Je pourrai toujours la vendre...

Le lendemain, Kira avait entamé une grève de la faim et sa santé, déjà fragile, ne l'avait pas supporté. Elle était morte neuf jours plus tard. Clara Lucia fut dévastée par le décès de la jeune fille, mais cette fois-ci, le malaise que lui avait causé son refus d'indulgence refit surface... Elle se sentait en partie responsable de ces quatre drames, mais comment maîtriser l'effet domino d'un acte aussi terrible qu'un assassinat ?

Samuel Zaber était le fils unique et choyé d'un couple d'employés de la NASA. Il était aussi le petit ami de Kira Poor qui avait insisté pour qu'il la rejoigne sur le port, la nuit du meurtre. Elle le trouvait trop casanier, collé à son ordinateur la plupart du temps, et voulait le faire bouger. Au moment de l'arrestation de son fils, la mère de Samuel était enceinte de sept mois au bout d'une huitième tentative de FIV. Son mari et elle adoraient les enfants et désespéraient de ne plus en avoir eu après Samuel, qui avait maintenant dix-huit ans. Le coût exorbitant de ces FIV, faites au rythme d'une fois par an, avait dévoré leurs économies, mais lorsque le miracle d'une grossesse eut lieu, ils oublièrent tout le stress vécu et l'argent dépensé. Madame Zaber perdit son bébé (une fille) au lendemain de l'annonce du verdict qui condamnait son fils à dix ans de prison et entra dans une dépression d'où elle ne sortit plus. Clara Lucia savait que James, le mari d'Allegra, connaissait et appréciait les Zaber, et la fausse-couche de la maman de Samuel l'affecta beaucoup en lui rappelant que sa fille non plus n'avait pas eu la chance d'avoir un second enfant... Quant aux jeunes mariés de New York, ils n'en auraient aucun ! Avoir des vies arrêtées ou bouleversées à cause de la criminalité de parfaits étrangers sur la route desquels on avait eu le malheur de se retrouver était la chose la plus révoltante qui soit. Mais pauvre madame Zaber ! Il faut dire que les familles des criminels payaient quelquefois plus cher que celles des victimes... N'empêche que Leroy, le meurtrier d'Allegra, avait eu plus de chance que Samuel parce qu'il avait évité la tenue d'un procès en plaidant coupable, ce qui lui avait valu une peine allégée. C'était le monde à l'envers !

Au bout de dix ans de veuvage, de déprime et de petites économies – dix années interminables passées à se battre pour élever seule son fils Kirk –, Talika Blake s'était remariée avec l'un de ses anciens professeurs de fac, fraîchement divorcé, de passage à Cap Canaveral et rencontré par hasard dans une librairie. Un merveilleux cadeau du destin ! Cerise sur le gâteau, Kirk avait vite adopté ce beau-père à la retraite qui n'avait pas eu d'enfant de son premier mariage et qui lui offrait les cadeaux que sa mère n'avait jamais eu les moyens de lui faire. Cette lune de miel dura jusqu'à l'arrestation de Kirk. Talika eut beau clamer que c'était une erreur judiciaire qui allait être réparée, rappeler la fameuse affaire de la joggeuse de Central Park où les jeunes condamnés s'étaient tous révélés innocents, expliquer que personne mieux qu'elle ne connaissait Kirk qui était un bon garçon et n'aurait jamais trempé dans une horreur pareille… Rien n'y fit ! Se retrouver à soixante-cinq ans avec un beau-fils en prison était inacceptable pour le professeur Blake qui avait une très haute idée de lui-même. Il quitta sa deuxième femme et rentra dans son ancien chez-lui pour se réinstaller avec la première – qui avait su profiter de cette affaire pour le ramener dans son giron. Talika voulut se suicider et réussit du premier coup. Sa voisine la trouva étendue sur la balancelle posée sous le porche de sa maison, à côté d'un tube de barbituriques vide et d'un papier où elle avait tracé ces mots à l'intention de son fils : «Je sais que tu n'es pas coupable, mais je n'ai pas la force de me battre seule pour toi.» En apprenant la nouvelle, Clara Lucia perdit son assurance. Et si, malgré toutes les apparences, les sept jeunes qu'elle avait grandement contribué à faire condamner n'étaient coupables de rien ? Et si l'intuition de madame Blake concernant son fils était exacte ? Après tout, une mère connaissait mieux son enfant que quiconque ! Et si, comme dans l'affaire de la joggeuse de Central Park, on avait commis une erreur judiciaire ? Quelle compensation financière avait le pouvoir de ressouder sept familles au sein desquelles ces condamnations avaient occasionné de véritables massacres ? Était-il possible que ces jeunes soient tous innocents ? Aussi innocents qu'Allegra ?

Il n'y a que deux façons de vivre sa vie : l'une en faisant comme si rien n'était un miracle, l'autre en faisant comme si tout était un miracle*

La réinstallation en Italie avait peu à peu fait oublier à Clara Lucia l'affaire de Cap Canaveral. Sa vie aux États-Unis était une page tournée et c'était désormais Jonathan qui venait lui rendre visite à Locorotondo. Lorsque ce dernier s'était réfugié chez elle, traumatisé par l'accident de la petite Gemma, elle avait vainement tenté de l'apaiser, mais par chance, il avait eu ce contact avec le vieux Pio…

Le mendiant était vraiment *l'élu* de tous les *Locorotondesi*, et sa silhouette endormie sur les marches de San Georgio leur était plus précieuse que tous les saints d'Italie… Nonna avait une foi inébranlable en un monde parallèle qui interférait avec le nôtre pour soutenir ceux qui le méritent, et elle était convaincue que Jonathan, qui était un garçon profondément humain, avait été *choisi*

* Albert Einstein.

pour être aidé – comme elle le lui répétait sans arrêt. Pourtant, les similitudes entre la situation des personnes qu'il rencontrait à Naples et les drames familiaux vécus à la suite du procès de Cap Canaveral l'avaient étonnée, puis inquiétée, puis bouleversée. La ruine de Gordon Smith rappelait celle du père de Tarek Booze, suite à l'incarcération de son fils. La beauté perdue de Kimberly Crown était aussi celle de Mona Moura, qui s'était tailladé le visage en prison. Zelda et Tom Higgins avaient perdu leur fils Anthony, comme les Morales avaient perdu leur fils Ramon. La mère de Mel Emmy, l'hôtesse de l'air, avait agi aussi stupidement que celle de Kira Poor. À partir de là, Clara Lucia avait commencé à attendre fébrilement la suite, souhaitant en même temps avoir raison et tort. Son petit-fils avait-il été choisi pour réparer ses erreurs à *elle* ? Sauver sept âmes en compensation des sept familles qu'elle avait contribué à détruire parce que le réveil de sa douleur de mère l'avait empêchée d'être bon juge ? Seul ce pari fou pouvait donner un sens à toutes ces coïncidences !

Lorsque Jonathan lui avait parlé de Hetty Teufel que le manque de conscience d'un médecin avait rendue stérile, elle avait tout de suite pensé à madame Zaber qui avait perdu son bébé à cause de l'émotion provoquée par l'arrestation de son fils Samuel. Comment continuer à douter, alors que ces drames survenaient dans le même ordre et que l'accident de la petite Gemma était arrivé un 23 novembre, le jour où on lui avait pris Allegra ?

Un mois plus tard, à peine Jonathan avait-il commencé à lui raconter l'histoire d'Anna Settine qu'elle avait deviné que cette Anna-là avait l'intention de se suicider, comma Talika Brown… Pour ne pas l'inquiéter, elle restait aussi enjouée que d'habitude pendant leurs conversations intercontinentales, mais après avoir refermé son ordinateur, elle passait des jours à compiler les données qui mêlaient son histoirc à la sienne. Et lorsqu'en ce 23 septembre, le vieux Pio lui avait annoncé que « l'enfant s'était réveillée et que le prix avait été payé », elle savait déjà que c'était un prix que son petit-fils avait payé pour elle.

Le ciel avait ses propres méthodes pour restaurer certains équilibres…

⁂

— Allo ? lança Jonathan au bout d'une série de sonneries qui l'avaient tiré de sa douche.
— Gemma Tomasini s'est réveillée ! Il avait été décidé de la débrancher *aujourd'hui*. C'est incroyable ! hurla Carmel.

— …
— Ça va ? Tu es toujours là ?
— Elle va avoir des séquelles ? balbutia-t-il, la gorge nouée et les larmes aux yeux.
— Trop tôt pour prévoir quoi que ce soit, mais tout indique qu'elle va s'en sortir comme une championne ! Les jeunes enfants peuvent être d'une résistance étonnante. N'empêche que son cas reste exceptionnel sur tous les plans. Et maintenant, dis-moi ce qui te lie à cet enfant !
— C'est une longue histoire… Laisse-moi d'abord appeler Nonna, reprit Jonathan d'une voix enrouée. Il faut qu'elle le sache tout de suite !

Il était excessivement tard en Italie, mais Jonathan n'hésita pas à composer le numéro de portable de sa grand-mère.

Ce qu'il avait à annoncer ne pouvait pas attendre une minute ! Elle allait être encore plus bouleversée que lui, en lui rappelant, bien sûr, qu'elle avait eu raison depuis le début…

Ce qu'il avait vécu cette année était complètement fou, mais curieusement, tout lui semblait soudain aussi logique que la solution d'un problème de mathématiques, comme si son système de pensées venait d'être permuté contre un autre, tout neuf.

« Le ciel n'intervient pas tous les jours dans nos nuits, mais quand il le fait, l'absurde n'est jamais au programme. » Il pensa à cette phrase de Nonna et sourit. Elle employait les mots justes. Comme toujours ! Mais pourquoi ne répondait-elle pas au téléphone ? Peut-être avait-elle oublié de le poser sur sa commode… Il composa alors le numéro fixe, assez strident pour retentir dans toute la maison. Sans plus de succès ! Soudain inquiet, il appela Francesca qui avait les clés de la maison.

⁂

Jonathan arriva à Locorotondo trois jours plus tard, au bout d'un voyage qui avait été le plus long de sa vie… Bloqué dans un siège d'avion durant des heures, en route pour dire adieu à celle qui avait été toute sa famille pendant si longtemps, il avait senti s'abattre sur lui une solitude qui lui voilait le cœur comme un linceul. Lorsque Francesca l'avait recontacté en pleurant pour lui dire qu'elle avait trouvé Clara Lucia inconsciente et qu'elle avait appelé les secours, il avait eu le pressentiment qu'il ne la reverrait plus.

Ce n'est qu'à la veille de son retour qu'il eut le courage d'ouvrir l'enveloppe libellée à son nom et posée sur la table de travail de Nonna. Pourquoi avait-elle pris la peine de rédiger une lettre alors qu'envoyer un e-mail aurait été tellement plus simple ? Il déplia cinq feuilles à carreaux qu'il commença à lire, le cœur battant la chamade. Un quart d'heure plus tard, il replia le tout d'une main tremblante. Clara Lucia lui avait écrit en italien, mais en terminant avec les paroles d'une chanson de Carole King qu'elle fredonnait sans cesse à la maison lorsqu'il était petit. « *When you're down and trouble, and you need some love and care, and nothing, nothing is going right. Close your eyes and think of me. And soon I will be there…* »

Des larmes plein les yeux, Jonathan se leva pour ouvrir les fenêtres et respirer l'air du soir. Il avait à peine une douzaine d'années lorsque ce crime avait secoué Cap Canaveral, et il se rappelait seulement que Nonna l'avait envoyé passer quelques jours chez son ami George. Probablement pendant la délibération du jury… Ces mini-vacances lui avaient paru extraordinaires parce qu'à l'époque, elle ne le laissait pratiquement jamais dormir à l'extérieur. Mon Dieu ! Leurs vies avaient été si intimement imbriquées que ça lui donnait le vertige… « Tout est lié et il t'en coûtera sept ! » lui avait dit le mendiant, et cette phrase sibylline qu'il avait mille fois retournée dans sa tête et disséquée pendant des mois avec sa grand-mère prenait maintenant tout son sens… Oui, TOUT était lié. Oh combien !

Incapable de dormir malgré l'avion qu'il devait prendre tôt le lendemain, Jonathan se mit à la recherche de la tasse en grès jaune dans laquelle Nonna buvait son cappuccino. Cette tasse la lui rappelait tellement que c'était la seule chose qu'il voulait emporter avec lui aux États-Unis… Il fit le tour des pièces, sans succès, puis ressentit le besoin de prendre l'air. Ses jambes le menèrent naturellement jusqu'aux marches de l'église Saint-Georges au bas desquelles le vieux Pio dormait paisiblement. Il s'avança sans bruit pour ne pas le réveiller et s'assit à côté de lui. Il n'attendait plus rien, mais se sentait aussi désorienté qu'un enfant laissé seul au bord du chemin. Le mendiant affichait une telle expression de sérénité dans son sommeil qu'il l'envia, puis il finit par se lever en soupirant. À peine avait-il fait quelques pas qu'il se retourna, le cœur battant. « Elle te dit que sa tasse jaune est posée au bas de son lit », avait dit Pio d'une voix claire.

Épilogue

Le 9 avril 2017, un article du *Miami Herald* signala l'arrestation de Killian Dobb, accusé d'avoir tué son beau-frère à coups de batte de baseball dans un moment de colère parce que celui-ci avait refusé de lui prêter sa voiture.

Dobb, un ancien soldat de la guerre du Golfe soigné depuis son retour pour des troubles psychologiques, avait aussi spontanément avoué être responsable de la mort des époux new-yorkais assassinés en 2005 dans un port de plaisance de Cap Canaveral. Motif : ils avaient refusé de le laisser monter à bord de leur bateau.

éditions fdeville, Bruxelles.

fdeville.fr | fdeville.be

Distribution : Pollen
Diffusion : CEDIF

Corrections : Catherine Meeùs *catherine@ramee.org*

Photo de couverture : Viktoriya Bezhan *shutterstock.com*

Achevé d'imprimer en avril 2022.
Première édition.

Dépôt légal : 10.541/2022/08
EAN : 978-2875-9905-63